我弥留之际

AS I LAY DYING

[美]威廉·福克纳——著
余莉——译

北方文艺出版社

图书在版编目（CIP）数据

我弥留之际 /（美）威廉·福克纳著；余莉译.
-- 哈尔滨：北方文艺出版社，2016.8
（福克纳诺贝尔奖精品文集）
ISBN 978-7-5317-3697-4

Ⅰ.①我… Ⅱ.①威… ②余… Ⅲ.①长篇小说－美国－现代 Ⅳ.①I712.45

中国版本图书馆 CIP 数据核字 (2016) 第 179753 号

我弥留之际

Wo Miliu zhi Ji

作 者 / [美] 威廉·福克纳　　译 者 / 余　莉

责任编辑 / 王金秋　　本书策划 / 李异鸣
编辑统筹 / 刘志红　　封面设计 / 吕彦秋

出版发行 / 北方文艺出版社　　网 址 / www.bfwy.com
邮 编 / 150080　　经 销 / 新华书店
地 址 / 黑龙江现代文化艺术产业园 D 栋 526 室

印 刷 / 北京中振源印务有限公司　　开 本 / 787×1092　1/16
字 数 / 160 千字　　印 张 / 12.25
版 次 / 2016 年 8 月第 1 版　　印 次 / 2016 年 8 月第 1 次印刷
书 号 / ISBN 978-7-5317-3697-4　　定 价 / 29.80 元

序言 Preface

《水浒传》一样的《西游记》

——“我”弥留之际的旅行

美国意识流文学大师福克纳（1897 — 1962）身为1949年诺贝尔文学奖得主，对美国文学尤其是美国意识流文学的贡献可以说是丰碑式的。

福克纳出身于美国南方一个破落的地主家庭，曾祖父曾经是南北战争时期南军的校级军官，退伍后还成了作家。福克纳也充分继承和发扬了曾祖父的文学天赋，在青年时代反复的漂泊和吹牛中锻炼出了写作的功夫。

相比较他青年时代入伍加拿大空军的传奇和游历欧洲的风流，他早年的生涯虽然谈不上历经坎坷，但也称得上是世态炎凉。那些年在南方的生活，以及南方没落家族的耳濡目染，给了他无穷无尽的创作素材。而他，也费尽心血虚构了一个位于密西西比州北部的约克纳帕塔法县和杰弗逊镇作为他小说故事情节的背景。在他三十多年创作生涯的十九部长篇和上百个短篇小说中，足足十五部长篇与绝大多数短篇的故事都发生在这个虚构的约克纳帕塔法县及杰弗逊镇。这当中，就包括这部《我弥留之际》。

按照福克纳本人的说法，这部书是他的小说中最最简单的一部，最最易懂的一部，甚至可以作为研究福克纳的入门。

除了微笑，没有任何语言能够描述我对这个观点的看法。

我经常说，我更喜欢东方的美感，甚至喜欢陶醉于纯粹中式的意境中。或许，我的眼光和视角也更加趋向于东方式的古典，所以这部书对我来说，竟然非常晦涩，虽然冥冥之中感觉得出福克纳想告诉我什么，却又不敢肯定。无数条线路交织在我的脑海，它们纠结着，甚至刻意地扭动着，让你捋不出一个像样的头绪。但是大师的文字却又充满了诱惑，让你不得不深入下去，在充斥着一团乱麻的死水中，努力地享受畅游的乐趣。

这部书的表现方式很新颖，或许很多中文读者都会不适应。这部作品一共五十九个章节，每个章节实际上就是标题所写人物的一段独白，他们各自站在自己的角度去看待或经历故事。这就够我喝一壶了，因为文中不同章节的“我”并不是一个人。

如果说，仅仅这样也就算了，但是书中还有个叫瓦达曼的人物，我直到看到他的那一句“我妈妈是条鱼”的时候，才缓过神来，哦，原来这孩子不是个傻子就是个小孩。总之，这孩子说的话从逻辑上根本不能用成人的思维去考量。

没有接触过福克纳的读者朋友们，你们是幸运的，这套书出版的时候有我这个排头兵告诉你们状况。我直接看的是编辑给我的初稿，注释都没有。足足看了十几章节才明白怎么回事！当然，编辑也表示为难，不仅编辑为难，连当时负责校对的工作人员都惊呆了！

主要的难点也就这两个，了解了这些，故事倒也不复杂。甚至于站在欣赏中国古典小说的角度去看待这部作品，依然非常适宜。在我看来，这部书，就是一部《水浒传》一样的《西游记》。

故事再简单不过了，一个贫苦的美国南方农家失去了伟大的母亲，父亲为了承诺，带着一家把灵柩带到母亲的老家。虽然一路上历经了千辛万苦，但是一家人终于把母亲安葬了。

有点像《西游记》，不是吗？一个领头的父亲就像唐僧，带着自己的儿女完成一个心愿，或者说承诺。有个情节甚至让我这个“西游粉”会心一笑——他们在一条湍急的河流中失去了他们拉车的骡子。我不知道福克纳是不是看了《西游记》，然后在“蛇盘山诸神暗佑，鹰愁涧意马收缰”这一回取得的灵感。

当然这是句玩笑话，福克纳那时候，《西游记》或许还没有英文版，有了福克纳也未必看过，看过了也未必借鉴，因为他最爱的小说是《堂吉诃德》。但是我们不妨从这个思路出发去分析分析这几个参与“西天取经”的人物。

父亲安斯无疑是坚定的，但是却又和唐僧有着很明显的区别。他们同样执着但是懦弱，或者说胆怯，遇到事情不愿意独自承受。但是，相比较唐僧普度众生的理想，安斯更加虚伪，这也是我用《水浒传》来比喻的原因之一，后面我会说到。

二儿子达尔是个另类，他仿佛什么都知道，甚至另类得有些诡异。他最后被妹妹戴尔告发，送到了精神病院。但是不得不说，与其说他是个精神病，倒不如说他是个思想者。他思考问题远远超过了他的父亲和兄弟姐妹，换句话说，超越了他所在的阶级局限性。只有他知道母亲最疼爱的朱尔是私生子，只有他知道妹妹戴尔想趁着机会到城镇偷偷地堕胎。他从一开始就考虑到了这个计划的荒谬。但是他最终毁于自己的鲁莽，因为企图焚烧棺木阻止这个计划而被认为是个疯子。在属于他的章节中甚至出现了一段旁白，可见作者对这个人物倾注的心血。

倾注了心血，那么他是孙悟空吗？可惜，他不是。

朱尔这个儿子则非常特殊，他是个不那么见得了光的角色。他不是安斯的孩子，是他母亲“偷汉子”出生的，要命的是他自己和二哥达尔还知道，所以他和兄弟们格格不入。但是他也是最能干的，靠自己的努力赚钱买了一匹马。我觉得，这在当时的美国南部农村应该不亚于买辆高档摩托了。所以一路上他都坐在马上使劲烧包。但是他对母亲的感情有目共睹，不仅为了母亲的遗体赴汤蹈火（真的是水火之中），还对企图焚烧母亲遗体的达尔恨之入骨。为了母亲能够安葬在故乡，在骡子被水淹死后，他还奉献了自己心爱的马来换取拉车的骡子。微微地有那么点小白龙的味道，不是吗？

任劳任怨的大儿子卡什总是让我联想到沙和尚。他对母亲有着很深的孝心，但是不善于表达。他表达的方式就是在母亲弥留之际不停地、耐心地、认真地帮母亲打造一副棺材。在去母亲家乡的路上，为了保护灵车而导致了腿骨的骨折——甚至在家人自作主张用水泥帮他固定骨架的时候，他都能忍着钻心的疼痛与严重的灼伤！面对困难和痛苦，他总是一副不以为意的样子。隐忍内向的性格，退让的生活态度是他的最大特点。或许他也知道朱尔不是父亲安斯的骨肉，或许他也知道达尔的做法有其正确性，但是他不愿意表达，甚至不想去表达，只想看看大家的意见。在是否送弟弟达尔去疯人院的事情上，他一声不吭，并且自我安慰着。他真的对困难和痛苦不以为意吗？我相信，他只是做出这样而已。在整部书中，他的煎熬是最长的（从做棺材开始），他的痛苦是最大的（腿伤），表现出的却是一副不以为意的姿态，越发让人同情和不平。

女儿戴尔和小儿子瓦达曼加在一起就是个活脱脱的猪八戒。戴尔一路上都存有私心，她甚至希望母亲尽快去世，好让她去城里偷偷地堕胎。最后不仅没堕成胎，还稀里糊涂地被一个冒牌妇科医生给侮辱了，男友给她堕胎的钱也稀里糊涂地被老爸弄走了。

瓦达曼则是猪八戒憨厚可爱一面的无限放大，他的视角很独特，只能用一个字“纯”来形容。他不知道死亡的意义，为了让母亲能在棺材里呼吸竟然还在棺材上打洞，结果害得母亲的遗体上留下了伤口，还是在脸上。后来他只得始终暗示自己，妈妈是一条鱼，像那条被家里杀了吃的鱼一样，不存在了。一路上，因为母亲尸体发出腐臭而引来的秃鹰在他眼里却非常有趣，不停地数着它们的数量。这与二哥达尔的聪明形成了对比，一路上两人匪夷所思的对话也让我们这些凡人读者摸不着头脑。而在二哥被所有人厌恶而送到疯人院的时候，唯独他表现出依依不舍的感情，反复地在默念“达尔。达尔是我的哥哥。达尔。达尔。”他最傻，也最善良，拥有一种让人无限怜悯的可爱。

既然两者如此相像，为什么没有一个孙悟空一样的人物呢？因为这不是一个《西游记》一样的喜剧，而是一个《水浒传》一样的闹剧，甚至带着些悲剧的色彩。没有孙悟空出来摆平困难，困难是无法战胜和逃避的，更没有普度众生传经东土的高尚目标。旅程的意义，只在于满足老爹安斯的一种近乎偏执的虚荣心。那么，老爹安斯这形象是不是又有点像宋江呢？宋江为了所谓的忠义牺牲自己的战友兄弟，换取所谓的英名。安斯为了成功履行承诺的虚荣，让自己的儿女付出了惨痛的代价。

出发前，他一再和朋友们提及，什么承诺啦，什么信仰啦。实际上呢？他真的对妻子安迪有那么深的感情，甚至于需要忍受磨难而完成她的遗愿？

但是在妻子安迪生病时安斯的那段独白中，我们可以知道，他没有请医生，至少书里头没有提到。相比较花钱请医生了解妻子的病情，他更关心自己的假牙是不是该换了，以便于以后吃更好的粮食。书中穿插了他们的故事，虽然是一对夫妻从相识到别离的经过，但是丝毫称不上爱情故事。安斯是个孤儿，妻子也是个孤儿，但是两人在一起后依然是孤独的。这种孤独困扰着妻子安迪，最终让她对生活、对爱情失去了信心和兴趣。与牧师偷情生下了朱尔后，又始终陷入罪恶感中不能自拔。她只得把感情寄托于最疼爱的儿子朱尔，并且为了洗刷罪恶感又为安斯生了两个孩子——戴尔和瓦达曼。

安斯真的对妻子有那么深的感情吗？甚至于子女在他看来都不算什么。在家中，他就以身体有病，出汗就会死这个荒唐而又不可抗拒的理由来逃避劳作，将重活儿全部交给儿子们。真的出汗就会死吗？那么他汗衫上明显因为汗渍导致的褪色又怎么解释呢？

那么在路上，为了省钱甚至不惜将自己的大儿子卡什的腿伤当作牲畜来治疗，导致了卡什的痛苦甚至残疾；达尔反对他的计划，被他借机送到了疯人院；女儿戴尔拿来堕胎的钱也被他夺取；这些行为也都可以解释了，因为安斯的自私自利，已经到了疯狂的地步。

最后，每个子女都有所失去，甚至有了终身的阴影。然而，安斯却以一种“鬼鬼祟祟却也自得满满”的可笑姿态出现了。他用女儿的医疗费换了一副崭新的假牙和手杖，焕然一新的面貌甚至让阴影中的孩子们都差点认不出他了。最可恶的是，他身后竟然还有一个帮他拿箱子的艳丽女人。本书最后一句话，就是安斯对卡什、朱尔、瓦达曼、戴尔说的：“来，见过本德伦太太。”形成了一个绝佳的讽刺——孩子们的努力，除了满足母亲的遗愿外，都是在帮父亲造势。他们一个个要死要活，父亲却迎来了人生第二春。

没有什么对结发妻子的承诺，没有什么对糟糠之妻的感情。整个过程都是一场秀，这就不难理解为何他甚至还拒绝了一些帮助。他只想做成自己的事，作好这场秀，牺牲子女的利益甚至未来都在所不惜。

此外，整部书对世态炎凉、人情冷漠的现实描写，与《水浒传》也颇有些神似。而多个人物逐渐汇成一线的叙事方式，更是与《水浒传》的结构有异曲同工之妙。

然而，或许还不止这么简单。福克纳作品的高超之处，或许就在于让你了解了世界的残酷之后还存有美好的希望。无论如何，安迪完成了遗愿。当我们因为安斯的自私而气愤失望的时候，也能为安迪有这些爱她的子女而欣慰。我想，这就是为什么最后一章是卡什平平淡淡的描述，而不是安斯得意扬扬的炫耀。

何志浩

2013年9月书于安徽

达尔

朱尔和我从田里上来，我们一前一后地在路上走着。虽然我走在他前面十五英尺[1]处，可是人们从棉坊里看我们，都能看到他那顶磨破的草帽足足高出我一个头。

如铅垂线一般笔直的道路，被踩得很平滑，再经七月骄阳的炙烤，就变得和砖头一样硬了。它从成排的绿棉间，穿梭至田中央的棉坊，在那里转过弯，沿着平缓的四角绕了屋子一圈，然后继续穿向棉田。

棉坊由原木搭建而成，木材间还有长长的裂缝。这是一座周正的房子，单独建在一块土地上，屋顶已经破损。棉坊倾斜着，其下并无支撑，它在阳光中闪闪发亮。两面正对着的墙上各有一扇巨大的窗户，窗户朝着路的方向。我们走到棉坊时，我转了个弯，沿着屋子四周的路走，而在我身后十五英尺的朱尔，则径直直行，一大步跨过窗户。之后，他还是一直朝前，那暗淡的眼睛，就像木头一般镶嵌在他木然的脸上。他四个大步迈过屋面，步伐铿锵，就如同从臀部以下被赋予了生命的、穿着打补丁外套的雪茄店的印第安人。接着，他又一大步跨过对面的窗户，再次走到了路上，这时我也刚拐过路角。我们又一前一后地走着，中间相隔五英尺，朱尔走在前面。我们沿路朝着

【1】一英尺等于 0.3048 米。

悬崖脚下走去。

塔尔的马车停在小溪旁，套在围栏上，缰绳缠到了座位的支柱处。车厢里有两张椅子。朱尔在小溪旁停下，他从柳枝上取下葫芦打水喝。我从他身旁走过，沿着道路往上走，然后就听到了卡什锯木的声音。

我走到上面时，他已经停止了锯木。他站在木屑中，正在将两块木板合拢。木板两边都是阴影，衬托之下，木板呈现出金黄色，就像软黄金，闪着光泽的斧刃在木板侧面留下了均匀的纹理——卡什真是个好木匠。他把木板放在支架上，然后将它们的沿边对准做好的木匣。接着，他跪下来，顺着木板边缘眯眼斜视了一会儿，然后再放下木板，拿起扁斧，不愧是一个好木匠。对安迪·本德伦来说，躺在这样的棺材里再好不过了。这能让她自信起来，能让她感到舒服。接着，我继续朝屋子走去，身后是扁斧的声音：

恰克　恰克　恰克

科拉

于是我攒了些鸡蛋，昨天就用它们来烤蛋糕。烤出来的蛋糕非常棒。我们就靠这些鸡了，虽然经过负鼠和诸如此类动物的袭击后，剩下的已经不多，可它们都是下蛋能手。到了夏天，还有蛇出没，蛇破坏鸡圈的速度可比什么都快。这样一来，养鸡的成本就远远超出了塔尔先生所预想的，然而，我向他保证，鸡蛋的数量增加，就能够弥补超出的成本。从此以后我就得格外小心了，因为，关于是否养鸡，这是我最后一次说了算。当时我们本打算养些便宜的鸡种，可是劳温顿小姐劝我养优良品种时，我已经答应了，因为塔尔先生自己也承认，优质的猪牛品种才能带来长效收益。所以，我们丢了这么多鸡以后，鸡蛋就不能留着自己吃了，是我说要养鸡的，我可不想让塔尔先生责怪我。于是，当劳温顿小姐说起蛋糕一事时，我就想，可以把鸡蛋做成蛋糕来卖，这样一次性多赚点就可以提高鸡群的净产值。而且，一次只捡一个鸡蛋，也没什么损失。恰好那个星期鸡下蛋很勤奋，我攒下的鸡蛋不仅够我们卖，够我们烤蛋糕，甚至连买面粉、糖和柴火的钱也省了。接下来，就在昨天，我用鸡蛋烤了蛋糕，我可是专心到了极致，烤出来的蛋糕自然不在话下。可是，今天早上，劳温顿小姐告诉我们，夫人改变主意了，她不开派对了。

“再怎么说，她也该买下这些鸡蛋呀。”凯特说。

“唉，”我说，“我估计她现在一点都用不着它们了。”

“那她也该买下它们，”凯特说，“不过话说回来，这些有钱的太太就爱朝令夕改。可怜了我们这些人哪。”

有钱人可不敢与上帝面对面，因为他会看穿人的心思。“不如，我星期六把它们拿到集市去卖。”我说，因为蛋糕的质量可真是没话说。

“一块蛋糕可以卖两美元。”凯特说。

“那么，算起来，我好像也没什么损失。”我说。接下来，我用一打蛋糕换了些糖和面粉。做蛋糕并没怎么亏，因为塔尔先生自己也知道，我攒下的鸡蛋比我们计划要拿去卖的还要多，所以，多出的鸡蛋就像是我们捡到的，或是别人送给我们的。

“她既然答应了你，就应该买下那些鸡蛋的。”凯特说。上帝能看穿人的心思。不同的人对诚信的理解各不相同——如果这是上帝的意愿，那么也轮不到我来质疑他的命令。

“我估计她压根儿就没打算用到它们。”我说。而且，它们真的不错。

尽管天气炎热，她还是把棉被盖到了下巴处，只露出双手和脸。她靠在枕头上，探出头来，看着窗外。每一次他拿起扁斧或锯子，我们都能听到声音。即便是聋子，也能通过看她的脸，来听他的声音，甚至看到他。她那憔悴的脸上，骨头无力地支撑着皮肤，勾勒出苍白的轮廓。她的眼睛就像两支蜡烛，你眼看着它们渐渐熄灭，然后消失进铁烛台里。然而，那永恒不灭的救赎与慈悲还未能降临到她的身上。

“它们真的不错，”我说，“可是，相比安迪烤的，还是有所不同。”你看看那只枕套，要真是熨烫过的话就能见识她闺女的本事了。她躺在那儿，任凭四个男人和一个野丫头摆布，被他们服侍着，这也恰恰表明了她对闺女的盲目信任。“这一带，没有谁烤蛋糕的手艺能和安迪·本德伦相提并论，”我说，“要是她能下床动手，我们的蛋糕恐怕一块都卖不出去了。”她躺在被窝里，隆着身体，样子堪比秧鸡。你只能通过褥子的聒噪声来判断她还在呼吸，哪怕女儿还站在身旁给她扇扇子，她脸颊上的头发竟一丝都没有动弹。我们就这样看着她的双手换来换去，一刻不停。

“她睡着了吗？”凯特小声问道。

“她只是看着卡什在那边锯木。”女儿回答说。我们也能听到他锯木的声音，那声音就像某人在打鼾一样。她的项链和她那红色的帽子配极了，你想都想不到，它只花了二十五美分。

我本可以好好来用这笔钱。可是，除了烤蛋糕外，我好像并没有付出什么代价。我可以跟他说，人人都会犯错，但不是所有人都能从错误中全身而退，我就这么跟他说着。她抬起手，轻轻擦了一下汗珠，然后理了理头发。她见我正看着她，眼神就变得空洞起来。

达尔

爹和弗农一起坐在后廊上。爹歪着身子，把壶盖夹在拇指和食指间往后拉，一边倒着鼻烟壶，一边用下唇吸着。我走过后廊时，他们扭头看了看我，然后用葫芦打水喝。

“朱尔呢？”爹问。我打小就知道，水在杉木桶里放一放，喝起来味道要好得多。尝一口，温暖中透着凉意，那种微妙的感觉，就像在炎热的七月，杉林里吹过凉爽的风。水至少要放上六个小时，还要用葫芦喝。绝不能用金属容器舀来喝。

最好是在晚上。我常常躺在走廊的草垫上，听着周围的动静，等大家都睡着，我就起身来，朝水桶走去。一切都是黑色的，隔板是黑色的，连水面上都有一个虚无的圆孔，在我用勺子搅动水面之前，或许还能在桶里看到一两颗星星，又或许，在我还没有将水喝下去之前，能在勺子里看到一两颗星星。随后，我长大了一些，也更加强壮了。到了那时，我总会等到他们都睡着，然后衣角上挽，躺在那里，听他们睡觉时发出的声音，用心感受自己，感受着清凉的沉寂吹上身来，想象着那边的卡什是否也在黑暗中做着同样的事，或许，在我想要或是能够这样做的两年前，他就已经这样了。

爹的外八字很严重，他的脚趾要么抽筋，要么就弯曲着，有的甚至变了形，小脚趾上的指甲已经没有了，都是因为他自小就穿着自制的鞋子在湿地里干重活。爹的短靴就放在凳子旁边，它们看上去就像是用钝斧将生铁砍凿而成的。弗农去了城里。我从未见过他穿罩衣进城。他们说，这都是他妻子的缘故。她还教过书哩。

我将勺子里的沉淀物甩在地上，然后用袖子擦了擦嘴。天亮之前是要下雨了。也许不到天亮就要下起来。“去牲口棚吧，”我说，“给马群套上马具。”

他还在那边逗马。他就要穿过牲口棚，走进牧场。那匹马也会不见：只见他一个人站在松树苗间，感觉冷飕飕的。这时，朱尔就会吹响口哨，只一声尖厉，就听得马儿喷响鼻子，然后朱尔就会看见它在蓝色的阴影中一闪而过。朱尔又吹一声，马儿就跃下斜坡，它四肢紧绷，竖起的耳朵快速扇打着，一双不对称的眼睛骨碌碌地转动，接着，它又纵身一跃，在二十英尺远的地方停下，侧着身子，然后扭头看向朱尔，一副嬉耍而又警觉的模样。

“马兄弟，快过来。”朱尔说。它还真的抬起脚，像风一样飞驰而来，身上的毛都竖起来，像无数的火舌在打转。它甩着尾巴，摆起鬃毛，转溜着眼睛，又一次短冲，然后停下，腿脚合拢，看着朱尔。朱尔从容地向它走去，双手放在两侧。若是不看朱尔那移动的双脚，阳光下的他们，还真像两座野人雕像。

就在朱尔快要碰到马时，马突然后脚站立，向朱尔扑去，紧接着，一阵纷乱的马蹄让朱尔眼花缭乱，就像不断扇动翅膀时产生的幻觉。此时的朱尔，在马儿高昂的胸部下方，像蛇一样灵巧而迅速地躲闪。眼看马儿就要踩上朱尔的手臂，只见他腾空而起，与地齐平，然后如蛇一般灵巧地躲闪，最后终于牵住马儿的鼻子，落到地上。然后，他们就那样僵持着，一动不动，看起来十分凶狠，接着，马儿往后一拉，把缰绳绷得更紧了，它头往下低，双腿还在打战；朱尔则站稳脚跟，一手挡住马儿的鼻息，一手快速拍打着它的颈背，一边爱抚它，一边责骂它野蛮不羁。

他们就这样一动不动地站着，马儿一边颤抖一边呻吟。接着，朱尔如旋涡一般，一转而上，骑上马背，动作快如鞭策，而且身在半空就已经摆好了骑马的姿势。马儿也随即低下头，叉腿而立，准备出发。马儿一路跳下山，马背前后耸动着，朱尔像蚂蟥一样贴在马肩隆上，走到栅栏处时，马儿突然四脚合拢，又一下子刹住。

“好了，”朱尔说，“闹够了，就别折腾了。”

到了牲口棚时，马儿还没停下，朱尔就从马背上滑下。接着，马儿走进了畜栏，朱尔也跟着走进去。马儿头也不回，就朝他踢去，将一只蹄子蹬进墙里，“砰”的一声，犹如枪响。朱尔往它肚子上一踢，马儿扭转头，一副咬牙切齿的模样；这时，朱尔一挥拳头，从它的脸上打过，却不小心跌进食槽，然后又站了上去。他抓住干草架，埋下头，穿过畜栏顶部和门缝往外窥探。路上什么也没有；这里甚至听不到卡什锯木的声音。他从草架上拖下一抱干草，塞进食槽里。

“吃吧，”他说，“一逮着机会就把这鬼东西消灭光吧，你这饱食终日的东西。你个贱种。”他说。

朱尔

因为他就待在外面，就在窗下，在那该死的棺材上又锤又锯。在那里，她能看见他。在那里，她的每一次呼吸里，满是他敲木和锯木的声音。她似乎看到他在说话。他说，看我（把棺材）给你做得多好。我也曾让他到别处去。我说，天哪，你想看她躺在里面吗？似乎在他很小的时候，她说过，如果有肥料，她会养一些花，于是他就拿着烤面包的锅，去马棚里装了满满一锅马粪回来。

此刻，还有其他人坐在里面，他们就像一群兀鹰。他们一边等，一边扇着扇子。我说，你能不能不要这样成天锯啊钉啊的，让人觉都睡不好。她的双手搭在被子上，像两只被挖出来的老根，怎么洗也洗不干净。我能看见扇子和杜威·戴尔的一只手臂。我说，能不能就让她一个人待着。锯啊，敲啊，扇子扇得空气在她脸上迅速流动，她那么累，还怎么呼吸，更何况那该死的扁斧还总是敲个没完。敲个没完。敲个没完。敲个没完。结果每一个路过的人都会停下来看看，然后夸他是个好木匠。如果从教堂上摔下来的是我，而不是卡什，如果那满载木头的车是压在我身上，而不是爹的身上，那么村子里的那些浑蛋就不会都来盯着她看了，如果有上帝，那么这会儿，他干什么去了呢？仿佛只有我和她在一座高山上，我们将岩石滚下山，砸在他们的脸上，我们搬起岩石，砸向他们的脸和牙齿，以及其他一切上帝创造的部位，直到她安静下来，而且那该死的扁斧也不再敲个没完。再敲一下，我们就清净了。

达尔

我们看见他转过角落，走上台阶。他也不看我们，就说："你们准备好了吗？"

"把马套好了吗？"我说。我又说："等一下。"于是他停了下来，看着爹。弗农站着不动，吐了一口痰。他做出一副得体的模样，故意往走廊下的灰尘里吐去。爹用手轻轻地揉着膝盖。他往山崖外望去，看向远处的平野。朱尔看了他一眼，又走到水桶那里，喝水去了。

"我可不喜欢扭扭捏捏。"爹说。

"那可是三美元哪。"我说。爹的驼背处，汗衫已经褪了色，颜色看起来比其他地方浅。他的汗衫上没有汗迹。我也从没见他的汗衫上有过汗迹。他二十二岁那年，在太阳下干活，晒出病来了，于是他就对人们说，他要是出汗，就会死。我想他一直也都是这么认为的。

"可要是她等不到你回来怎么办，"他说，"她会失望的。"

弗农往灰尘里吐着痰。天亮之前就要下雨了。

"她可是盼着呢，"爹说，"她巴不得立刻就起程。我是知道她的。我答应过她让大家在这儿准备好，她可是盼着呢。"

"那样一来，我们就一定要那三美元了。"我说。他往远处的山野望去，双手在膝盖上轻轻地揉着。他的牙齿已经脱落，吸鼻烟的时候，嘴唇就不断往里边抿。他的下巴长了胡楂，看起来就像一只老狗。"你最好快做决定，我们也能快点过去，赶在天黑之前装进去。"我说。

"妈的病还没那么严重，"朱尔说，"闭嘴，达尔。"

“没错，”弗农说，“一个星期以来，她就数今天的精神最好了。等到你和朱尔回来，没准她就可以站起来了。”

“你要知道，”朱尔说，“你来看她已经够频繁了。你也是，你们大家都是。”弗农看着他。朱尔的眼睛就像灰白的木头，嵌在那涨红的脸上。他比我们所有人都高出了一个头，他总是比所有人高出一个头。我对他们说，正因如此，妈打他和宠他的时候才更多一些。因为他在屋子里转悠的时候更多。所以他的名字才叫朱尔[1]，我是这么对他们说的。

“闭嘴，朱尔。”爹说，不过，爹好像也没听得多认真。他望着远处的平野，双手揉着他的膝盖。

“要是她等不到我们回来，”我说，“你可以借用弗农的牲口，我们能赶上你。”

“啊，闭上你的臭嘴。”朱尔说。

“她想跟我们一起走，”爹揉着膝盖说，“没有什么比这更让人心烦了。”

“她就在那儿躺着，看着卡什削那该死的……”朱尔说。他说这话时，样子刻薄又凶狠，可最终却没有说出那个词。就像一个小男孩，在黑夜里拼命使出自己的勇气，却突然被自己的吵闹声吓了一跳，于是噤住声。

“她想坐我们自己的马车，”爹说，“知道是自己的东西，她躺着都要舒坦些。她以前也是个惯用自家东西的女人。这点，你最清楚不过了。”

“那么，就让她坐我们自己的车吧，”朱尔说，“可谁又说得准——”他看着爹的后脑，眼睛像灰白的木头。

“呸，”弗农说，“她能撑到一切都准备好的，她的时辰还没到。

【1】朱尔的英文 Jewel 一词有“宝贝”的意思。——译者注

再说，现在的路也好走了，你们很快就能送她到镇上。”

“这天定是要下雨了，”爹说，“我运气不好，一直都不好。”他双手揉着膝盖说，“都怪那个医生，他还撒谎说随时都可以来。这么晚了，也没见他来个信儿。如果他明天来，告诉她时间已经近了，她可是不会再等了。我是知道她的。不管马车有没有准备好，她都不会再等了。到那时，她会难过的，我可不想她还活在人世时，让她难过。她妈家的墓地在杰弗逊，她的亲人们就在那里等着她，她已经迫不及待要赶去了。我答应过她，我和孩子们会尽快赶着骡子载她去那儿，好让她安息。”他双手揉着膝盖，说，“没有什么比这更让人心烦了。”

“好像有谁在赶着把她送去那儿似的，”朱尔又用那刻薄而凶狠的语气说道，“卡什还整天在窗前，又锤又锯——”

“那是她自己希望的，”爹说，“你不喜欢她，对她也不好。你就从来没对她好过。我们可不想欠任何人的情，我和她一样。她知道是自己的骨肉在为她锯木板、钉钉子，心里会踏实些。她一向不愿别人来为她收拾摊子。”

“那可是三美元哪，”我说，“你希望我们去还是不去呢？”爹揉着膝盖说：“我们明天天黑之前就会赶回来。”

“唉——”爹说，他头发蓬乱，凝望着远处的平野，一边慢慢地吸着鼻烟。

“说呀。”朱尔说。他说着走下了台阶。弗农又往灰尘里吐痰。

“好吧，明天天黑之前就回来，”爹说，“我不会让她再等了。”

朱尔往回一瞥，然后转过房子去。我朝大厅走去，还没走到门口，就听到了声音。我们的房子是顺着山势往下倾斜的，所以，随时都有微风斜向上吹过大厅。要是一片羽毛落到前门边，便会被吹起来，随风掠过天花板，然后斜着向后飘，飘到后门，再遇到下转的风——声音也是这样。所以，当你走到大厅时，那声音听起来，就像有谁在头顶用空气交流。

科拉

这是我见过的最动人的场景，就好像他知道再也见不到她了一样，安斯·本德伦将他从妈的终榻前赶走，让他再也见不到她。我总说，达尔和别人不一样。还说，他是唯一一个继承了他母亲的特点、天生就有恻隐之心的人。不是朱尔，不是那个她辛苦生下来，又如此娇惯和宠爱，最后却对她乱发脾气甚至怨骂她的儿子，他不断做坏事来折磨她，到头来，还得我随时站出来阻止他。他是不会来和她告别的。他不会放过任何机会赚取那额外的三美元，哪怕要以不能和母亲吻别为代价。他才是彻彻底底的本德伦家的孩子，谁也不爱，什么也不在意，只希望贪便宜。塔尔先生说，达尔要他们再等等。他说，达尔差点就跪下来，求他们不要逼他在这个时候离开他妈。可这并不管用，安斯和朱尔一定要赚那三美元。但凡认识安斯的人，都不指望他会改变主意，大家只是寄希望于那个将她多年的牺牲和偏爱付之东流的儿子朱尔——他们可别想蒙我：塔尔先生竟然说本德伦太太最不喜欢的就是朱尔，但是，我可比他还清楚呢。我知道她偏心他，因为他身上有着与她相似的性格特点，正是因为这种性格，她才得以忍受安斯·本德伦。塔尔先生说，她应该毒死他的——为了三美元，竟然不来参加垂死的妈的吻别仪式。

我为什么要这样做，连续三个星期来，我只要一有时间就过来，没有时间也会抽时间过来，将我自己的家庭和担子丢在一边，只是为了让她在咽气时能有个人陪着，为了留一张熟脸在身边，为她打气，不让她独自去面对那伟大的未知世界。这也没什么，因为我就是这么希望的。可是，谢天谢地，我希望留在身边的是我自己的家人，我的骨肉，因为只有我的丈夫和儿子们才能给我最好的祝福，尽管他们有时候也很麻烦。

她是一个孤独的女人，孤高自傲，还在人前装样子，隐瞒着他们令她感到痛苦的事实。她的尸体在棺材里还没有冷却，他们就要把她运往四十英里以外的地方埋葬，这是违背上帝意志的。还不让她和本德伦家的人躺在同一片土地上。

“可是她想去，”塔尔先生说，“和娘家人躺在一起，是她的愿望。”

“那她活着的时候为什么不去呢？”我说，“没有人会阻挡她，即便她的小儿子也不会拦她，他差不多已经长大，就像其他几个儿子一样，变得自私，而且铁石心肠。”

“那是她自己的意思，”塔尔先生说，“我听安斯说过，那是她自己的意思。”

“你当然会相信安斯了，”我说，“像您这样的人就会相信他。你还别说。”

“我相信他，是因为，这件事他说不说都不会对我有什么影响。”塔尔先生说。

“你还别说，”我说，“不管是活着还是死后，女人就该与丈夫和孩子待在一起。你希望我死的时候离开你和女儿们，去亚拉巴马州，背弃与你们同甘共苦、至死不渝的意愿吗？”

“唉，人和人是不一样的。”他说。

我也希望如此。为了表示我对基督徒丈夫的敬爱，为了不让他操心，也为了体现我对基督徒孩子们的爱和尊重，我希望过上上帝和人类眼中的正确生活。因此，当我怀着责任感躺下时，被爱人的面孔围绕就是我所得的回报，每一个我爱的人都献给我送别之吻，这就是对我的回报。不像安迪·本德伦一样，孤独地死去，还要将她的骄傲和破碎的心隐藏起来。死了也好。她躺在这里，支撑着头，看着卡什做棺材，生怕他偷工减料似的，而其他几个男人，什么也不关心，只想着是否来得及赶在下雨涨水之前赚那额外的三美元。如果他们没有决定去拉最后一趟车，那么，就会将她裹在被子里，先用马车拉她过河，再停下来，让她以基督教的方式死去。

达尔不一样。这是我见过的最动人的场景了。我曾一度对人性失去信念；怀疑让我甚是苦恼。可是，上帝将我的信念归还给我，还向我揭示了他对生灵的博爱。不是朱尔，不是那个她一贯宠爱的儿子，不是他。他还惦念着那额外的三美元。是达尔，是人们口中那个奇怪、懒惰，和安斯差不多、成天混日子的儿子；而卡什，则是一个好木匠，他总有做不完的木活；朱尔呢，净做些捞钱的活儿，要么就总是惹人闲话；还有那个接近赤裸的丫头，总是拿着一把扇子，站在安迪身后，只要一有人来和她说话或者宽慰她，她就立刻抢过话，好像不让别人靠近她似的。

还是达尔。他走到门口，就站在那儿，看着他垂死的母亲。他只是看着她，这让我再一次感受到了上帝的博爱和仁慈。我知道，她对朱尔，只是装装样子，而她和达尔之间，才有着真正的理解和关爱。他只是看着她，也不进去，不让她看见他，见了也伤心，他知道安斯要将他从母亲的终榻上拉开，他再也见不到她了。他什么也不说，只是看着她。

“你想怎么样，达尔？”杜威·戴尔一边摇着扇子一边说道，声音大而急促，似乎连他也不让靠近。而他也只是看着垂死的母亲，再多的话也只能埋在心里。

杜威·戴尔

这是我第一次和莱夫一起下棉田。爹不能出汗，因为如果出汗，他就会死，所以，大家都赶来帮忙。而朱尔则什么也不管，他和我们不亲，我们并不相亲相爱。卡什则似乎要把那些漫长而炎热、糟糕又暗淡的日子锯成板条，然后装订成什么东西。爹以为，邻居们总会相互帮忙，却没发现自己总是让人家来帮忙。我也不指望达尔能来帮忙，他坐在那超级大的桌子旁，他的眼睛里已经不是食物和台灯，而是脑海里那一片深掘的土地，土地之外，还有一些遥远的坑洞。

我们下到棉田，一路摘着棉花，树木之间的间隔越来越小，于是形成了秘密的树荫，我和莱夫各自拿着麻袋，躲在秘密的树荫下摘棉花。麻袋半满的时候，我就开始问自己要不要继续摘，因为我说过，如果走到树荫处，麻袋就满了，那可怪不得我。我说过，要是走到树荫处，麻袋还没有满，就说明我不是摘棉花的料，就还要转到下一排摘，可要是麻袋已经满了，我也就没办法了。我们一路摘着朝树荫处走去，目光会一起落在他的手或者我的手上，而我什么也没有说。我说："你在干什么？"他说："我在往你的麻袋里摘。"因此，当我们摘到这一排结束的时候，我的麻袋已经满了，而我又有什么办法呢。

所以，这件事不能怪我，我也没有办法。就在那时，就在我看见朱尔的那一刻，他已经明白过来。他也不开口，就"说"[1]他已经

【1】这里加引号的"说"，并不是指开口说，而是神情传递信息，是我和朱尔之间的相互领会。

明白了，就像他对我“说”妈就要死了一样，我知道他是明白的，因为，如果他开口说自己明白，我就不会相信他在那儿看到过我们。可是，他“说”他已经明白了，而我也不开口，就“说”“你要告诉爹，让他伤心死吗？”他也不开口，“说”，“何苦呢？”我之所以能和他这般既能相互领会又心生厌恶地谈话，是因为他能够明白。

他就站在门口，看着她。

“你想怎样，达尔？”我“说”。

“她就要死了。”他“说”。塔尔这个老蠢蛋正在赶来，看她死了没，而我可以糊弄他们。

“她什么时候会死？”我“说”。

“在我们回来之前。”他“说”。

“那你为什么带朱尔来呢？”我“说”。

“我要让他帮我装货。”他“说”。

塔尔

安斯不停地揉着他的膝盖。他的外衫已经褪了色；一只膝盖上还打着补丁，补丁上的哔叽布片是从他星期天穿的裤子上剪下的，已经磨得像铁一般光亮。“没人比我更讨厌这样了。”他说。

“人时不时也该往前看，”我说，“可是，不管迟早，都免不了有害处。”

“她想即刻就动身，”他说，“再怎么说，杰弗逊也够远的。”

“可是，现在路也好走了。”我说。今晚铁定会下雨。他的家人埋在纽霍普[1]，离这儿不到三英里。可他就娶了这么一个女人，从她家到这儿，骑马快也要一天，而她还偏偏死在他之前。

他望向远方的平野，揉着他的膝盖。“没人比我更讨厌这样了。”他说。

“他们回来还有一会儿呢。”我说，“免不了让人担心。”

“那可是三美元哪。”他说。

“说不定，他们根本不用急着赶回来呢，根本不需要，”我说，“我是这么希望的。”

“她快不行了，”他说，“她已经打定主意了。”

事实上，对于一个女人来说，这样的生活无比艰难。至少对某些

【1】New Hope，字面意思为“新希望”。——译者注

女人来说是这样。我宁愿妈活到七十多岁。她不管日晒雨淋，每天不间断地劳作；自打最小的孩子出生后，她就从没有生过一天病，直到有一天，她四处望了望，然后走进屋去，拿出一件装饰着蕾丝的晚礼服穿上，这件裙子，她可珍藏了四十五年，从未体面地穿出来过。接着，她躺在床上，拉起罩子，闭上了眼睛。“你们要照顾好你们的爹，”她说，“我可是累了。”

安斯双手揉着膝盖。“这是上帝所赐。”他说。这时，我们还可听到卡什在角落外又锤又锯的声音。

没错。再没有比这更真的了。“上帝所赐。”我说。

那个男孩走上山来。他扛着一条足有他那么长的鱼。他把鱼挂起来，像大人一样，口中一声哼响，转身吐了一口痰。鱼足有他那么高。

“那是什么？”我说，“是猪吗？你从哪里弄来的？”

“在桥下，”他说着把那东西翻过来，这一面，打湿的地方，灰尘已经结了块，凸起的鱼眼睛也糊上了灰尘。

“你要把它放在这儿吗？”安斯说。

“我要给妈看。”瓦达曼说着朝门的方向看去。我们可以听到风中的说话声。卡什也还在那儿又锤又锯。“有人在里面呢。”他说。

“那是我的亲戚，”我说，“他们见到这鱼也会很高兴的。”

他什么也没说，只是看着门口。接下来，他用脚把鱼翻了过来，用脚趾戳它鼓起的眼睛，还一边往里面抠。安斯还是望着远处的平野。瓦达曼一会儿看着安斯的脸，一会儿又转眼看看门口。然后，他转身朝房子的角落走去，这时，安斯头也不回地叫住了他。

“你把那条鱼洗干净。”安斯说。

瓦达曼停下来。“为什么不让杜威·戴尔来洗呢？”他说。

“我叫你洗。”安斯说。

“啊，爹。”瓦达曼说。

“你来洗。”安斯说。他也没有回头。瓦达曼只好退回来，拿起鱼。这鱼从他的手中滑落，将打湿的灰尘弄在他身上，然后掉在地上，又弄了自己一身灰尘，它嘴大张着，瞪着眼睛，就像羞于死去一般，急匆匆地又躲回到尘埃里。瓦达曼咒骂着它。他像个大人一样，叉腿骑在它的身上。安斯仍然没有转过头。瓦达曼再次拿起它，像抱木柴一样，两手抱着它，绕过屋子去。它从头到尾搭在他身上，足有他的身体那么大。

安斯的手腕从袖子里露出来，甩动着：我长这么大还从未见过他穿什么衣服看起来像是自己的，都像是朱尔穿旧了给他的。然而，那并不是朱尔的。他虽瘦削，手臂倒是很长。不同的是，他衣服上没有汗迹。仅凭这一点，就可判定这是安斯的衣服，错不了。他的眼睛就像烧焦的煤炭，嵌在脸上，两眼望着远处的平野。

当阴影漫上台阶时，他说：“五点了。”

就在我起身时，科拉走到门口，说该起程了。安斯伸手拿过鞋。“好了，本德伦先生，”科拉说，“你还不打算起来吗。”他开始穿鞋，一脚踩进鞋里，他做任何事都是这个样子，好像希望自己真就不能做，也就真的不用费力去做。当我们走上大厅时，只听得他步伐沉重，鞋子像铁鞋一般在地板上拖过。他走到她的门口，眨着眼睛，似乎越过了眼前所见，仿佛看到她坐在椅子上，或是正在扫地，他看向门内，却每一次都吃惊地发现她躺在床上，而杜威·戴尔还在给她扇扇子。于是他就站在那儿，似乎再也不打算动弹什么的。

“好了，我想我们最好出发了，”科拉说，“我还要去喂鸡。”这天肯定是要下雨了。那样的云是骗不了人的，而有了那些棉花，每一天才好似上帝赐予的。那对他来说有别样的意义。这时，卡什还在修理木板。“需不需要我们帮忙？”科拉说。

“如果需要帮忙，安斯会告诉我们的。”我说。

安斯并没有看我们。他四处看了看，非常惊讶地眨着眼睛，好像看到妈躺在床上有多么吃惊似的。要是卡什在帮我修葺牲口棚的时候有那么认真就好了。

“我对安斯说过，他们不用急着赶回来，”我说，“我是这样希望的。”

“她已经打定主意了，”他说，“我想她是一定要走的。”

“每个人都会遇到这样的事，”科拉说，“愿上帝宽慰你。”

“至于那些玉米……”我说。我对他说过，她现在病着，家里忙得不可开交，我可以过来帮忙。和四邻的人们一样，我也帮了他不少，现在想不帮都不行了。

“或许她能撑到你忙完农活呢。”我说。

“除非那是上帝的旨意。”他说。

“愿上帝宽慰你。”科拉说。

要是卡什帮我修葺牲口棚的时候有那么认真就好了。我们走过时，他抬起头说：“别指望我这个星期就给你弄好。”

“不急，”我说，“什么时候都可以。”

然后我们上了马车。科拉把蛋糕盒放在膝盖上。这天是肯定要下雨了。

“我不知道他能做些什么，”科拉说，“真的不知道。”

“可怜的安斯，”我说，“她督促他干活都有三十年了。我估计她也累了。”

“我倒想她再督促他三十年，”凯特说，“若没有她，他也会在摘棉花之前再找一个的。”

“我想卡什和达尔可以结婚了。”埃拉说。

“那可怜的孩子，”科拉说，“可怜的小家伙。”

“朱尔呢？”凯特说。

“他也可以了。”埃拉说。

“嗯，”凯特说，“我想他快了。我是这么想的。我希望这里不止一个女孩不愿看着朱尔被束缚。不过，他们根本不用担心。”

“为什么呀，凯特！”科拉说。这时，马车开始吱嘎地向前摇去。“可怜的小家伙。”科拉说。

今晚肯定要下雨了。是的。马车之所以会吱嘎作响，是因为天气太干燥，这可还是伯赛尔家造的马车啊。但是，它会好的。一定会好的。

“她既然说过，就应该买下那些蛋糕的。”凯特说。

安斯

这该死的路。还有，这天肯定是要下雨了。我站在这儿，仿佛有千里眼一般，能看到天幕就像一堵墙，横在他们身后，横在他们和我的承诺之间。我竭尽全力，集中精神去做每一件事，可是那些作孽的孩子。

路就横在那儿，一直通向我家门口，凡是霉运，总能找准那道门，进进出出。我对安迪说过，路过时，总希望好运就住在路上，而她则以妇人的眼界说："那你就干脆起来，到外面去。"可是我告诉她，这根本和运气无关，因为上帝造路，就是用来行走的——不然，为什么他要让它们平铺在这土地之上呢。每当他打算让什么东西一直移动，他就会造出横躺的东西，像一条路、一匹马或是一辆马车；而他要想让什么东西静止不动，他就会造出竖直的东西，像一棵树或是一个人。所以，他从不让人们住在路上，我说，是先有路还是先有房子呢？你见过他把路建在房子边上吗？从没见过吧，我说。现在的人总喜欢把房子建在一些地方：凡是有人坐马车经过，都能将口水吐在门口。人们总是孜孜不倦，总想着去到别的地方，而他则希望人们像一棵树，或是一排玉米那样站着。因为，如果他要人们一直移动，或是去什么地方，那他不得让他们腹部贴在地上，像蛇一般前行啊？他可是有理由这样做的。

可如今，路修在这儿，所有的霉运都能悄悄找着道，径直来到我的家门口，还以它的名义给我扣上各种税。也不知卡什从哪儿得了要学木匠的想法，还要我们在他身上花钱，若是没有路，他可想不到这方面去；还害得我从教堂上摔下来，一连六个月手都抬不起来，如果他学成木匠，这一带也少不了活计，不过，我和安迪就得做牛做马了。

还有达尔。总是叫我不要管他。这群不争气的儿子。我也不是害怕干活；我能养活自己和家人，还给了他们一个遮风避雨的地方：他眼里全是那块地，他要去做自己的事，我可就少了帮手。我对他们说，一开始他眼里全是那块地，这没有错，因为土地上的路是竖直的；然后，直到那条路被横转过来，他的眼里依旧全是那块地，于是他们就开始逼我不要管他，还以法令的名义让我少了帮手。

还要让我出钱。她本来是一个无病无痛、身体健壮的女人，可是自从有了那条路后，一切都变了。她倒下了，就躺在床上，什么也顾不得。“你病了吗，安迪？”我说。

“我没有病。”她说。

“你只管躺下休息，”我说，“我知道你没病。你只是累了。你只管躺下休息。”

“我没病，”她说，“我会起来的。”

“躺好休息，”我说，“你只是累了。明天就可以起来了。”而她就躺在那儿，那个曾经无病无痛、身体健壮的女人，自从有了那条路后，一切都变了。

“我可没请过你来啊，”我说，“你要做证，我可从来没请过你。”

“我知道你没请过我，”皮博迪说，“我肯定你没请我。她呢？”

“她在床上躺着呢，”我说，“她只是有点累了，可是——”

“你出去一下，安斯，”他说，“到走廊里坐一会儿。”

到头来，还要我出钱给她医病，而我的牙齿已经落光，只盼着有一天能有些结余，让我去补补牙，这样也能像正常人一样吃上帝赐予的粮食。再说，直到那天前，她都和地方上的其他女人一样，无病无痛、身体健壮。硬要赚那三美元是要付出代价的。孩子们不得不出去赚它，这也是要付出代价的。此刻，我又仿佛有千里眼一般，看到一帘雨幕横在我和孩子们中间，它像一个无赖，从那条路上来，好像这大千之地，就没有别家的房子让它去淋似的。

我以前也听到人们抱怨自己运气不好，那也是该得的，因为他们本来就有罪。可我不认为自己是被诅咒了，因为我没做错什么，自然也没什么可诅咒的。我承认，自己并不虔诚。可是我心存和平，这我是知道的。比起那些虚伪的人来说，我做事一向不好不坏。我知道老天爷会眷顾我，就像眷顾一只掉落的麻雀[1]。说起来，一个缺衣少食的人竟然会被一条路难倒，这也够悲哀的。

瓦达曼绕过屋子来，膝盖以上都是血淋淋的，脏得像头猪，肯定是用斧头砍了那条鱼，没准还把它扔掉，然后撒谎说是被狗吃了。罢了，他也没比那几个年长的哥哥好到哪里去。他走了过来，看了看屋子，然后坐在台阶上，一句话也不说。“哟，”他说，“我是彻底累喽。”

“去洗洗手吧。”我说。不管是小时候，还是长大以后，哪个女人能像安迪那样含辛茹苦地抚养他们。这点我可要为她说句话。

“这鱼的血和内脏多得就像猪一样。”他说。这鬼天气让我费尽了精力，我可是什么也上不了心。“爹，”他说，“妈的病情又加重了吗？”

“去洗你的手吧。”我说。可我就是上不了心。

【1】《圣经·马太福音》第十章第二十九节，“两只麻雀不是卖一分银子吗？若是你们的父不许，一个也不能掉在地上，就是你们的头发也都被数过了。所以，不要惧怕，你们比许多麻雀还贵重。”——译者注

达尔

这周，他去了镇上。他颈背上的头发剪得很短，发线与太阳晒到的地方之间露出一道白杠，仿佛白骨的接缝。他一次都没有回头看。

“朱尔。”我说。坐在马车上，仿佛路在往后退，骡子快速扇动的两耳之间，似乎形成一条隧道，路也如丝带一般消失在马车之下，而马车的前轮则像一个线轴。“朱尔，你知道吗，她就要死了？”

两个人生了你，而其中一个就要死了。世界就是这样完蛋的。

我对杜威·达尔说：“你希望她快点死，这样你就可以去镇上了，是吗？”尽管我们俩都心知肚明，可是她不会说出来。“你之所以不说，就连说给自己听也不愿意，那是因为，一旦你说了，你就会意识到那是真的，是吗？可现在，你已经知道那是真的了。为什么不说呢，就算是对自己说？”她当然不会说。她只是一直说着，你要告诉爹，让他伤心死吗？“你不能相信那是真的，因为你无法相信杜威·戴尔，杜威·戴尔·本德伦运气这么差，是吗？”

夕阳已在水平线上徘徊了一个小时，那姿态宛若血红的鸡蛋停靠在一团积雨云上；阳光已呈紫铜色，眼前是一片不祥之兆，鼻下弥漫着如硫黄一般的闪电气息。皮博迪到来时，他们就得用绳子了。他吃了冷的青菜，肚子胀满了气。他们用绳子把他从路上拖起来，像气球一样晃荡在充满硫黄味的空气里。

“朱尔，”我说，“你知道安迪·本德伦就要死了吗？安迪·本德伦就要死了？”

皮博迪

安斯最终还是来请我了，我说："他终于把她折腾得不行了。"我说，这也未必是坏事，最开始我也不愿意去，因为那时我兴许还能做点什么，将她从死亡的边缘拉回来，上帝啊。我想，天堂里或许也有医学院那一套愚蠢的道德观，或许来请我的还是弗农·塔尔，他总是掐准了时间来，弗农总能掐准时间，他总能为安斯把钱用到好处，就像花自己的钱一样。可是，等到天色稍晚，我就知道，来请我的只能是安斯了。我知道，在这样的暴风天气里，需要请医生的，也只能是那个倒霉的男人。我还知道，当安斯最终意识到需要请医生的时候，一切已经晚了。

我走到山泉处，下了马车，拴好马，太阳已经沉到一片黑云之后，那黑云宛若上下倒置的山脉，又如一车煤渣倒在那里，四下里也不见风影。还没走到那里，我就听到卡什在一英里以外锯木的声音。安斯则立在路尽头的悬崖边上。

"马呢？"我说。

"朱尔带走了，"他说，"除了朱尔，也没人能驯得住它。我想，你得走上去了。"

"我可重二百二十五磅，要我走上去？"我说，"要我从那该死的崖壁上爬上去？"他就站在那儿，在一棵树旁。上帝让树长根，却让安斯·本德伦生脚，这可真是大错特错。要是他能把他们交换一下，那么这个村子就不必担心森林有一天被砍伐殆尽了，甚至连其他村子都不用担心了。“你要我来做什么呢？”我说，“要我待在这儿，在云散风起时，被吹到别的村子去吗？”即便是有马骑，我也得花十五分钟，穿过牧场，爬到山顶，然后来到房前。这路就像弯曲的四肢，被风吹起，撞在悬崖上。安斯已经十二年没有进过城了。他的母亲是怎么爬上去把他生下来的呢，他也不愧是他母亲的孩子。

“瓦达曼去拿绳子。”他说。

不一会儿，瓦达曼就拿着绳子出现了。他把绳子的一头交到安斯手上，一边沿路往下走，一边放着绳子。

“你拉紧点，”我说，“我已经把这次出诊记在账本上了，所以不管我去还是没去，都要收你的钱。”

“知道了，”安斯说，“你能爬上来的。”

我也不明白自己为什么不转身回去，真是见鬼了。一个七十多岁的人，重二百多磅，还要被绳子拉着在一座该死的山上爬上爬下。我想，大概是因为我一定要凑齐那五万美元死账，才肯收手。“你的妻子在搞什么鬼，”我说，“偏偏病倒在这该死的山上？”

“真是不好意思。”他一边放开绳子，一边说道。绳子就被他丢在原地，而他转身朝房子走去。这时，还可见一些天光，如硫黄火柴一般。木板也像一根根火柴。卡什并没有回头。弗农·塔尔说他将每一块木板拿到窗前给安迪看，让她来选。那孩子快赶上我们了。这时，安斯回过头看着他。“绳子呢？”他说。

“你不是把它扔那儿了吗，”我说，“不过，还是先别管绳子。我等会儿还要下山去呢。我可不想待在这儿，让暴风雨袭击。一旦被吹走，不知要吹多远呢。”

那丫头还站在床边，给她打扇子。我们进去时，她扭头看着我们。近十天来，她就像死人一般。我想，她长久以来离不开安斯，甚至都无法去改变了，如果死亡是一次改变的话。我还记得，小时候总以为死亡是一种生理现象；如今我知道，那不过是意识的功能——而意识是指遭受丧亲之痛的人的意识。虚无主义者说，死亡就是结束；而信奉正统基督教的人则认为，死亡是开始；事实上，死亡不过是让那些单身住客或是一家子住客搬离他们的住所或者镇子。

她看着我们。只有一对眼睛看起来还在动着。那眼睛仿佛触碰着我们，不是触碰我们的视觉，也不是触碰我们的感觉，而是如水管里冒出的一股水，那一瞬间，就好像从喷嘴里分离出来了，仿佛根本没经过水管。她也不看安斯一眼。只是看着我，然后看了看那孩子。她躺在被子里，如同一根腐烂的棍子。

“安迪太太。”我说。这时，丫头仍没有停下来，还在打着扇子。“感觉怎么样，我的姐妹？”我说。她的头搭在枕头上，面容憔悴，她看着那孩子，说：“你可是选对了时候把我送走，连暴风雨都引来了。”接下来，我叫安斯和那孩子出去。她看着那孩子走出屋子。她一动也不动，除了那双眼睛。

我出去的时候，他和安斯在走廊里，那孩子就坐在台阶上，安斯则站在一根柱子旁，他甚至都没有靠在上面，他的手臂悬吊着，头发立了起来，缠结在头上，就像一只丧气的公鸡。他转过头，朝我眨了眨眼。

“为什么不早一点来请我呢？”我说。

“一会儿有这样事，一会儿又有那样事，”他说，“那些玉米和孩子们也要忙着应付，杜威·戴尔在好好照顾她，乡亲们也来帮忙，于是我就想……”

“该死的钱，”我说，“你什么时候听说过我因为别人没付钱就难为人家？”

“也不是因为钱，”他说，“我只是在想……她要去了，是吗？”那个小家伙还坐在最高一级台阶上，他的身形，在硫黄色的光线中，看起来比任何时候都小。这个村子有一个麻烦：所有的事，天气，不管什么，都停留得太久。就像我们的河流和我们的陆地：迟钝、缓慢，又猛烈；这样一来就形成或是创造了一种无法改变的、令人不安的生活景象。“我知道她，”安斯说，“我一直都知道。她已经打定主意了。”

“可这也不是坏事，”我说，“无妨——”他坐在最高的台阶上，穿着褪色的外衫，面无表情。我走出来时，他看着我，然后看了看安斯。可现在，他也没有看我们，只是坐在那儿。

“你告诉她了吗？”安斯问道。

“告诉她什么？”我说，“为什么要告诉她？”

“她迟早会知道的。我知道，她一看见你，就该知道了，比白纸黑字还真实。你也不必告诉她了。她的心意——”

那丫头在我们身后说：“她的手在动。”于是我看着她，看向她的脸。

“你最好快点。”我说。

当我们走进屋子时，她就看着门口。然后，她看着我，眼光就像提灯熄灭前的残光。“她要你出去。”那丫头说。

“安迪，”安斯说，“他可是大老远从杰弗逊赶来给你看病的。”她只是看着我，我能感觉到她的目光。就好像她在用目光推我一样。我以前也在别的女人身上看到过这样的目光。它们把那些带着同情与悲悯来帮助她们的人拒之门外，死守着那些没用的畜生，而对于那些畜生来讲，她们却连牛马都不如。也许，这就是所谓的无法理解的爱吧：就是自尊，和那种想要遮盖赤裸之身的强烈愿望。我们本是赤裸着来到这个世界，赤裸着进入手术室，最后又倔强而猛烈地带着赤裸之身回归土地。于是，我出去了。卡什在门廊后有规律地锯着木板。大约一分钟后，她叫着他的名字，她的声音尖锐而响亮。

“卡什，”她说，“你来，卡什！”

达尔

爹就站在床后。瓦达曼在他的屁股后面偷窥，他的头圆圆的，眼睛也圆鼓鼓的，嘴巴正要张开。她看着爹，她那奄奄一息的生命似乎都流进了眼睛里，急促而又无可奈何。“她要见朱尔。”杜威·达尔说。

“为什么，安迪？”爹说，“他和达尔又去拉货了。他们以为还来得及。以为你会等他们，那三美元，还有……”他说着把手放在她身上。不一会儿，她看着他，并没有责怪，也没有任何动作或是表情，仿佛只有一双眼睛在听着他那戛然而止的声音。接着，她坐起身来，她已经十天没有动过了。杜威·戴尔弯下身去，用手托着她的背。

“妈，”她说，“妈。”

这时，她看着窗外，看着卡什弯着身子，在暮光中不慌不忙地锯着木板，他一直劳动到天黑，好像锯木这个动作能自行照明，而且木板与锯子都带有能量似的。

“你，卡什，”她喊道，声音尖锐、响亮，而且饱满，“你，卡什！”

他抬起头，在黄昏中，看着窗前那张枯槁的面容。这是他从小就看到大的一张拼画。他放下锯子，举起木板给她看，他看了看窗口那张一动不动的脸，又拿出一块木板放好，把它们斜拼起来，然后朝着地上的木板比手形，比出棺材的最终形状。她用那张拼画一般的脸又看了看他，她的神情，既不带责备，也没有认可。接下来，那张脸就消失在窗口。

她又躺了回去，都没有稍微扭一下头，看爹一眼。她看着瓦达曼；她的眼睛里突然充满了生气，就像两簇火焰，燃定了一会儿，后又熄灭，好像有人弯身去将它们吹灭了。

“妈，”杜威·戴尔喊道，“妈！”她靠在床上，双手微微抬起，扇子就像前面十天那样，一如既往地扇动着。接着，她开始恸哭。她的声音饱满而年轻、颤抖又清晰，音色与音量自顾凝神，扇子仍上下均匀地摇动着，在那无用的空气里沙沙作响。她张开双臂，扑在安迪·本德伦的膝盖上，抱紧她，然后使劲摇她，最后干脆展开四肢，一下子倒在安迪·本德伦那一把老骨头上，压得整张床上只听见被褥的叽吱声。她两手张开，一只手中的扇子还在朝着被子无力地扇动。

瓦达曼躲在爹的屁股后偷窥，他的嘴大张着，整个脸上的血色似乎都集中到了嘴上，就好像他将牙齿咬进自己的脸上，吸干了里面的血。他慢慢地从床边往后退，一双眼睛圆圆的，苍白的脸庞湮没在黄昏中，就像糊在坍墙上的一张纸，他就这样走出了屋子。

黄昏中，爹靠在床上，他那佝偻的身影，呈现出一种猫头鹰般羽毛蓬乱、怒气于心的意象，其中暗藏着一种哪怕只是一想，也会觉得深刻而沉静的智慧。

“那些个不孝子。”他说。

朱尔，我说。日头平稳，天色灰蒙，暗云如长矛，遮住了日光。骡子在雨中轻轻冒汗，被泥巴溅了一身黄，在下方的那只被马索斜拉着到路边，路的下面就是水沟。斜倾的木板发出沉闷的黄光，又因在水里泡过，变得像铅一样重，它斜着陡然栽进水沟里，轮子都摔坏了，一股黄色的漩流，从散落一地的辐条和朱尔的脚踝流过，那既不是水，也不是尘埃，它顺着那既非土、也非水的黄色道路弯曲而下，在山下溶成一团深绿色的流，其颜色既不是土地的颜色，也不是天空的颜色。朱尔，我说。

这时，卡什来到了门口，他手里还拿着锯子。爹站在床后，佝着背，双手悬吊着。他转过头，一副衣衫褴褛的样子，他吸鼻烟时，下巴在发抖。

“她走了。”卡什说。

“她被带走了，丢下了我们。”爹说。卡什并没看他。“你做得怎么样了？”他也没回答，只是拿着锯子，走进屋。“我想你最好还是去接着做，”爹说，“那些孩子不在，你要尽量做好。”卡什看着她的脸。他并没有听爹说话，也没有走近床边。他走到屋子中央就停了下来，把锯子放在腿上。那冒汗的手臂上粘了些许锯木屑，他的表情很镇定。“如果你来不及，他们明天回来，或许可以帮你，”爹说，“弗农会帮你的。”卡什并没有听。他只是看着她那平静而僵硬的脸湮没在暮色中，好像黑暗就是终极世界的先兆，直到最终，那张脸看上去就像是浮在上面，轻如枯叶的剪影。“都是信基督的，能帮到你。”爹说。可是，卡什并没有听。一会儿后，他转过身，出去了，仍然没有看爹一眼。接着，锯子的声音又响起来。“他们会帮我们驱散悲伤。”爹说。

锯子的声音平稳有力、不急不躁，仿佛搅动着天色，以至于锯子每拉动一下，她的脸就好似微微苏醒一般，露出聆听或是等待的神情，好像她在数着锯木的节奏。爹看向她的脸，又看看杜威·戴尔那乱糟糟的黑发、她张开的手臂和她握着的扇子，那扇子正有气无力地朝被子扇着。“我想你最好还是去做晚饭。”他说。

杜威·戴尔并没有动。

“起来，做饭去，”爹说，“我们得保持体力啊。我想，这一路赶来，皮博迪医生也快饿得不行了。卡什也需要快点吃饭，吃完好回去干活，赶着做好它。”

于是杜威·戴尔起身，站在地上。她看着她的脸。就像一件褪色的铜器放在枕头上，只有双手还有些生命的迹象：蜷曲、粗糙，没有生气；耗尽了力气，却依然警觉，而疲劳与痛苦尚未退去，好像在怀疑真正的安息日是否来临，她带着长着角一般的、轻微的警惕，防备着终止日，他们知道，这个日子不会持续太长。

杜威·戴尔弯下身，把被子拉到她的下巴处，把它弄平整。然后，她也不看爹一眼，就绕过床，出去了。

她要去皮博迪那里，那样她就能站在黄昏中，带着此般表情看着他的背影，他感觉到她的目光，于是转过头说：这下我就不用这么痛苦了。她上了年纪，又生了病。她的痛苦我们是不能体会的。她是好不了了。瓦达曼也长大了，有你照顾他们所有人。我可不会那么痛苦了。我想你还是去做晚饭吧。也不要做太多。可他们总得吃饭，她看着他，说，如果你愿意，也可以帮到我很多。要是你明白就好了。我是我，你是你，我知道，而你不知道，如果你愿意，可以帮到我很多，如果你愿意，我就告诉你，这样一来，除了你、我和达尔，就没人知道了。

爹站在床前，吊着手臂，佝着背，面无表情。他抬起手，放到头上，抹着头发，听着锯木声。他走近些，在大腿上搓着手，手心搓了又搓手背，然后把手放在她的脸上，再放在被子隆起的地方，她的手就放在那儿。他学着杜威·戴尔的样子理了理被子，试着把它弄平整，拉到下巴处，结果却弄得乱糟糟。接着，他又开始整理自己弄出的褶皱，动作笨拙，像爪子一样，结果褶皱越来越多，像故意和他作对似的，于是最后他只好停下来，手垂在一边，又开始在大腿上搓着，手心搓了搓手背。卡什锯木的声音均匀地传进屋里。爹吸着鼻烟，他的呼吸很安详，却发出一种令人焦躁的声音。“上帝的旨意要实现了，”他说，“那我也就可以去补牙了。”

朱尔的帽子在头上无力地垂下，把水都引到了他拴在肩膀上的湿透的麻袋里，口袋也已被浸湿，他的脚踝没在水沟里，他用一根腐木做支点，正在用一根湿滑的木板撬动轮轴，这木板有二英寸厚，四英寸宽。朱尔，我说，她死了，朱尔。安迪·本德伦死了。

瓦达曼

于是我开始跑。我朝后面跑去，跑到走廊边上，就停下了。接着，我开始哭。我能感觉到那条鱼就在灰尘里的某个地方。它已经被宰成块，不成鱼样了，而溅在我手上和外衣上的也不像是血了。可，才不是这样的。刚才还不是这个样子。可是，现在她已经在我前面太远，我追也追不上了。

那些树就像是竖起羽毛躲进凉尘里的鸡。如果我从走廊上跳下去，就可以找到那条鱼，可是它已经被宰成块，不成鱼样了。我能听到床那边传来的声音，还能想起她的脸，听到大家的声音，每当他走在上面，我还能感觉到地板在摇动。他走进来，做了那件事。她本来都好好的，可是他走进来，做了那件事。

“那个胖杂种。”

我从走廊上跳了下去，然后开始跑。牲口棚的棚顶在黄昏中立了出来。如果我跳上去，就可以像马戏团的粉红女郎一样，穿过它，不用等，就掉进暖融融的气味中。我双手抓着灌木丛；脚下的石块和尘土纷纷往下掉。

接着，在那暖融融的气味中，我又可以呼吸了。我走进畜栏，试着摸一下它，这样我就可以哭了，我就可以尽情地倾吐眼泪。一旦它走进来踢我，我就可以哭了，就可以哭了。

“是他害死了她。他害死了她。”

它的生命在皮肤下奔跑，在我的手下奔跑，跑过了斑痕，涌进我的鼻子里，一个不对劲，就开始哭了，我尽情地哭，然后我就可以好好呼吸了。我呼吸时，还会发出噪声。我仿佛能闻到生命从我的手下跑过，然后跑上我的手臂，接下来，我就离开畜栏了。

我找不到它。在黑暗中，在灰尘里，顺着墙，我都找不到它。我的哭声太吵闹。我希望它小点声。然后，我在马车棚里找到了它，它满身灰尘，接下来，我跑过空地，来到了路上。那枯柴在我的肩膀上颠颠晃晃。

它们见我跑上去，就猛地往后一退，眼睛瞪得圆鼓鼓的，还喷着鼻息，扯着缰绳使劲往后退。于是我开始打。我能听到棍子打上去的声音；我看到棍子打在它们的头上，打在它们的胸口，它们一会儿抬身，一会儿俯身，我偶尔也失手，不过打得很开心。

“是你杀了我妈！”

这时，棍子断了，它们一会儿抬身，一会儿又俯身，它们的腿在地上大声蹬；声音之所以这么大，是因为要下雨了，空气很虚。不过棍子还是足够长，我这边打了，又跑到那边去打，它们就往后退，把缰绳绷得很紧。

“你们害死了她！”

我打它们，打啊，它们就大步地转圈，马车就以两个轮子为支撑点，随之转动，也没有其他动作，就像被钉在地上一般。马儿们也没有其他动作，好像被牢牢钉在转盘的中心。

我在灰尘中奔跑。我什么也看不见，我在下落的灰尘里奔跑，两个轮子上翘的马车也消失在灰尘中。我打，棍子打在地上，又反弹回来，打在灰尘里，接着又打在空气中，灰尘在路上飞扬，比车开过时还落得快。我看着棍子，这时，我就可以哭了。棍子快断到我的手边，已经变得比生火用的柴还短，它本来是一根很长的棍子。于是，我把棍子丢在一边，我就可以哭了，这一次，哭声不是很吵闹。

奶牛立在牲口棚的门口，在嚼着什么东西。她看见我走上空地，就开始哞哞叫，她嘴里翻着青草，舌头不停地转动。

“我可不会给你挤奶，我什么也不会帮他们干。”

我走过时，听见她转过身。而当我转身时，她已经在我身后了，她的呼吸甜蜜、温热而生硬。

“我不是告诉过你吗，我不会挤的？”

她轻轻地碰了碰我，喷着鼻息。她闭着嘴巴，深深地呻吟一声。我抽手，像朱尔一样咒骂她。

“进去，快。”

我手向下伸，然后朝她冲过去。她跳回去，转开几步，又停下来，看着我。她又呻吟着。然后走到路上，就站在那儿，看向路的尽头。

牲口棚里光线很暗，却暖融融的，有股熟悉的味道，周围还很安静。我一边看着山顶，这下我可以悄悄地哭了。

这时，卡什来到山上，他从教堂跌下去摔伤的地方还有些不利索。他看着山泉，接着往上看了看路，又回去看牲口棚。他动作僵硬地走到路上，看着被挣断的缰绳，再看看路上的尘土，然后走到路上，那里的灰尘已经不见了。

“我希望他们已经过了塔尔的地盘了。我是这么希望的。”

“他真该死。他看见我了。真该死。”

此时我已经不哭了。我什么也不是。杜威·戴尔上山来，她在叫我的名字。瓦达曼。我什么也不是。我很安静。叫你呢，瓦达曼。这下我可以悄悄地哭了，还能感受到、听到自己的泪水。

“那时也只是想。那时还没发生那事呢。它当时还躺在地上。现在她就要煮了它。”

天色暗下来，我能听到木头的声音，还能听出周围的寂静：我熟悉这一切。可那不是活物的声音，也不是它。好像这黑暗要把它融化成一些毫不相关的组成部分——喷鼻声、蹬脚声；闻起来有种逐渐冷却的肉体和带尿臊味的马毛的味道；还让人产生一种幻觉，以为那长斑的毛皮和结实的骨架完全不协调，它们相互分离、神秘而又熟悉，在这样的构造中，“存在”与我理解的“存在”是不一样的。我看着它融化——它的腿、那圆滚滚的眼睛、那有如冰冷火焰一般的花哨斑点——看着它的溶液逐渐消散，漂浮在黑暗之中；所有的部分融为一个整体，却又不是同一个部分；这样的整体，包含了所有的部分，却又什么都不是。我听见一片纷乱声向它逼近，抚摸着它、塑造着它那生硬的轮廓——从毛、屁股、肩膀和头，还有气味和声音。我并不害怕。

“煮来吃了。煮来吃了。”

杜威·戴尔

如果他愿意，便可以帮到我不少。他能为我做一切事。对于我来说，好像世界上的一切事物都在一个装满内脏的桶里，以至于你会想，哪里还有地方放得下其他重要的东西。他是一个装满内脏的大桶，而我是一个装满内脏的小桶，就连大桶里都装不下其他重要的东西，更何况是小桶里呢。可我知道，地方是有的，因为在有什么不好的事发生之前，上帝会给女人发出信号。

因为我总是孤单一人。如果我能感应到那个信号就好了，那样一来我也就不会孤单了。可如果我不是孤单一人，每一个人也都知道那个信号了。他能帮到我不少，那样我就不会孤单了。那样一来，我就算孤单也无所谓了。

我会让他站在我和莱夫中间，就像达尔进来，站在我和莱夫中间一样，这样一来，莱夫也变得孤单了。他是莱夫，而我是杜威·戴尔，如果妈死了，我就不得不站在我、莱夫和达尔之外的立场来哀悼，因为他能帮到我不少，可他自己却不知道。就连他自己也不知道。

从后边的门廊，我可以望见牲口棚。接着，卡什锯木的声音也从那个方向传来。就像门外的一条狗，不管你从哪道门，都能看到它来来回回绕着屋子，就等着进屋来。他说我比你更发愁，而我说，你还不知道什么是发愁，于是我也不能发愁了。我也试着发愁，可是我想不到那么多，也愁不起来。

我点燃了厨房的提灯。那条鱼已经被宰成块，在锅里静静地渗着血。我迅速把它放进食物柜里，听着大厅里的动静，听着。她拖了十天才要死去或者她根本不知道自己要死了。或许她要等到卡什做好棺材才肯死去。又或者她要等到朱尔回来。我把装着青菜的盘子从柜子里拿出来，又从冷却的炉子上拿来烤面包的锅，然后，我停了下来，看着门口。

“瓦达曼呢？”卡什说。他那沾满木屑的手臂在灯光中看起来就像是沙做的。

“我不知道，我没看见他。”

“皮博迪的牲口跑了。看你能不能找到瓦达曼。那马儿或许愿意让他靠近。”

“哦。先叫他们来吃饭。”

我看不到牲口棚。我说，我不知道怎样发愁，也不知道该怎样哭。我试着哭过，可是哭不出来。不一会儿，锯木的声音又响起来，沿着灰暗的地面传过来。接着，我看见他了，他拿着木板上锯下锯。

“你快回来吃饭了，”我说，“叫一下他。”他能为我做一切事情。而他却不知道。他在他的肚子里，我在我的肚子里。而我又在莱夫的肚子里。就是这样。我不知道他为什么不待在镇上。我们是乡下人，和城里人没法比。我不知道他为什么不待在镇上。这会儿，我能看到牲口棚的棚顶了。那头奶牛站在路脚下，哞哞叫着。当我转过身时，卡什已经不见了。

我把酪乳提了进来。爹和卡什已经坐在桌前了。

“那家伙捉的鱼呢，丫头？”他说。

我把牛奶放在桌上，说：“我没有时间煮。”

“要我这样壮的人，吃些简单的萝卜菜，太小气了。”他说。卡什已经开始吃了。他帽子上的汗水已经沾到头发上。他的汗衫也满是汗渍。他就连手和胳膊都没有洗。

“你该花点时间把鱼煮了，”爹说，“瓦达曼呢？”

我朝门口走去，说：“我没找到他。”

“过来吧，丫头，”他说，“别管那鱼了。留着以后吃吧。过来坐下。”

“我倒不是想着鱼，”我说，“我要赶在下雨之前去挤奶。”

爹先给自己夹了菜，又把盘子传给其他人。可是，他并没有动嘴吃。他放在盘子两侧的双手半握着，他的头微微低下，那蓬乱的头发在灯光中立起来。看上去就像被木椎击打的犍牛，它已经没有生命，却不知道自己已经死了。

但卡什在吃，医生也在吃。“你最好吃点东西，”他看着爹说，“像我和卡什一样，你也需要吃点东西。”

“是啊，”爹说着站起身来，就像一头跪在池子里的犍牛，你朝它跑去，它就立马站起来，“她也不会怪你。”

走到看不见房子的地方，我就加快了脚步。奶牛还在悬崖脚下哞哞叫。她把鼻子凑向我，吸着气，然后呼出一阵甜蜜而温热的气息，那气息穿过我的裙子，扣在我那热乎乎的身体上，她还一边呻吟着。“再等一会儿，我才有空管你。”她跟着我走进牲口棚，我把桶放好。她朝桶里呼着气，还一边呻吟。“我跟你说过，你还要等会儿。我现在没空管你。”牲口棚里的光线很暗。我从她身边走过，她就往墙上踢了一脚。我继续朝前走着，破碎的木板就像一块直立的白板。这下，我可以看见山坡了，还能感到空气再次流上我的脸，渐渐地，天色稍亮一点，我却什么也看不见，松树丛遍布山坡，神秘兮兮的，像是在等待着什么。

黑暗中的奶牛靠着门，紧挨着黑暗中的桶，呻吟着。

接下来，我穿过畜栏。眼看我就要走过了，却听见他良久才说出那个词，生怕来不及说出来。我感到我的身体、骨头和血肉开始分离，然后朝着孤独张开，这次，那种即将到来的不孤独感，让我感到害怕。莱夫。莱夫。莱夫。莱夫。莱夫。我身子稍微往前倾，一只脚伸出去，却定在原地。我感到黑暗穿过我的胸口，穿过奶牛；于是我开始追逐着黑暗，可是奶牛挡在前面，于是我停了下来，黑暗穿过她呻吟时发出的甜蜜气息，那满是草木味安详的气息。

“瓦达曼，叫你呢，瓦达曼。”

他走出畜栏。“你个鬼鬼祟祟的东西！你个鬼鬼祟祟的东西！”

他并没有反抗；最后一抹黑暗沙沙地流走。“什么？我什么也没做啊。”

“你个鬼鬼祟祟的东西！”我用手使劲摇他。也许我也没办法让双手停下来。我也不知道它们竟摇得这么猛烈。它们摇动了我们两个人，摇动着。

“我什么也没做，”他说，“我没有碰过它们。”

我的双手停了下来，可是仍抓着他不放。“那你在这儿干什么？我叫你的时候怎么不答应呢？”

“我什么也没有做。”

“那就回家去吃饭。”

他抽身回去。我抓着他。“你放开，让我自己走。”

“你在这下面干什么？你不会是来偷窥我的吧？”

“我没有。没有。你快放开我，我又不知道你在下面。你让我自己走。”

我抓着他，弯下身看着他的脸，用眼神感受着它。眼看他就要哭了，我说：“快走，我把晚饭放在桌子上了，我挤完奶很快就回来。你最好在他们把饭吃光之前回去。我希望那畜生是跑回杰弗逊去了。”

“他害死了她。”他说着开始哭。

“嘘。”

“她又没有害过他，他却来害死她。”

“嘘。”他挣扎着。我抓着他，说：“嘘。”

“他害死了她。”奶牛在我们身后跟上来，还一边呻吟着。我又开始摇他。

“你快住口，马上住口。你这样肯定要弄出病来的，到时候就不能进城了。你快回去吃你的饭。”

“我不想吃饭。我不想进城。”

“那我们就把你留在这儿。你不听话，我们就把你留下。快去，不然那吃素的老饭桶要把你那份也吃光了。”于是他回去了，渐渐消失在山中。山尖、树木和房顶屹立在天空下。奶牛向我凑近，一边呻吟着。“你再等一会儿。尽管你也是母的，可是你奶子里面的可比不得我肚子里的。”于是她一边跟着我，一边呻吟。然后，那死气沉沉的、燥热而苍白的空气又吹上我的脸庞。如果他愿意，便能处理得非常好。可是他却不知道。他能为我做一切事——如果他知道就好了。奶牛在我的屁股和背后呼吸，她的气息温热而甜蜜，像打鼾一样，她还一边呻吟着。天空平躺在斜坡上、在那秘密的树丛之上。山的那边，一片闪电腾起，又暗下来。死气沉沉的空气在这死气沉沉的黑暗里，勾勒出那死气沉沉的土地的形状，而不仅仅是观望它。它死死地压住我、温暖着我，并且穿透我的衣服，触碰着我的肉体。我说，你不知道发愁是什么。我也不知道那是什么。我不知道自己是不是在发愁。不知道能与不能。我不知道自己能不能哭出来。我也不知道自己是否试着发过愁。我感到自己就像一颗湿润的种子，在燥热而隐秘的土地上蠢蠢欲动。

瓦达曼

他们把那东西做好后，就要把她放进去，那样一来，我就很久都说不出那个词了。我看见那团黑影爬上来，又飞快旋着走开，我说："你们要把她钉在里面吗，卡什，卡什，卡什？"我被困在食槽里，因为新修的门太重了，它关上后，我推也推不动，我在里面无法呼吸，因为耗子把所有的空气都吸走了。我说："你要把她钉在里面吗？钉在里面？钉在里面？"

爹来回走着，他的影子也来回走着，它盖在卡什身上，卡什正上下拉着锯子，锯那该死的木板。

杜威·戴尔说，我们可以弄一些香蕉来。火车就停在玻璃窗外，它是红色的。火车跑过时，铁轨会一闪一闪地发光。爹说，面粉、糖和咖啡太贵了。因为我是一个乡下孩子，城里也有的是孩子。还有自行车。为什么对于我这个乡下孩子来说，面粉、糖和咖啡就太贵了呢？"不如买些香蕉吧？"香蕉也没有了，吃完了。没有了。火车开动的时候，铁轨又开始发光了。"为什么我不是城里的孩子呢，爹？"我说。我真该死。我可没让上帝把我安排在乡下。既然他能造火车，为什么不为了面粉、糖和咖啡的缘故把他们都安排在城里呢。"要香蕉好吗？"

他来回走着。他的影子也来回走着。

那不是她。我就在那儿，看着呢。我看见了。我以为是她，可那并不是她。那不是我妈。她走了，躺在她床上、拉起被子的是另一个人。她已经走了。“她去了和城里一样远的地方吗？”“她去了比城里还远的地方。”“这些兔子和负鼠都去了比城里还远的地方吗？”是上帝造了这些兔子和负鼠。也是他造了火车。如果她就像兔子，那么他为什么要让它们去另外的地方呢。

爹来回走着。他的影子也来回走着。锯子好似沉睡一般发出声音。

这样一来，如果卡什将那匣子钉起来，她就不是兔子了。如果她不是兔子，我在食槽里都无法呼吸，那她在那匣子里也不能呼吸，卡什却还要把她钉在里面。

它不是她，因为它躺在那边的尘土里。如今它已经被宰碎了。是我把它宰碎的。它现在正躺在厨房里，在该死的煎锅里，等着被煮了来吃。这样一来，它不是她，而她才是她，而现在，它是它，她不是它。明天它就会被煮来吃了，她就会变成他、爹、卡什和杜威•戴尔，匣子里什么也没有，她就可以呼吸了。它还躺在那边的尘土里。我可以找到弗农。他就在那儿，他也看见了，我们两个人都看见了，它就是它，而它又将不是它。

塔尔

他把我们叫醒时已经快半夜了，那时，雨也开始下了。一场暴风雨已经在酝酿，那是一个令人不安的夜晚；一个人喂饱家畜，回到家，吃过晚饭，躺在床上，这时，雨已经开始下了，而在这之前，什么事都有可能发生。皮博迪的马跑上来，身上冒着汗，它们拖着破损的马具，颈轭夹在下面那匹马的两腿之间。科拉说“是安迪·本德伦。她终于走了”。

“皮博迪可能给附近这一带的十几户人看病，”我说，“再说，你怎么就知道这是皮博迪的马？”

“难道不是吗？”她说，“你赶快起来。”

“干什么？”我说，“就算她真的走了，我们也得明天早上才能帮上忙。而且，这天肯定是要下暴风雨的。”

“那是我的职责，”她说，“你把马拉进来。”

可我不会照做。“因为，如果他们需要我们帮忙，就会派人来请我们。再说，你都不知道她是不是真的已经走了。”

“为什么，难道你不知道那是皮博迪的马吗？你敢说吗？好了，快起来。”可我还是不去。我发现，当人们需要某个人帮忙时，最好等到他们派人来请他。“那是我作为基督徒应尽的职责，”科拉说，“你要拦着我履行我的职责吗？”

“如果你想，你明天在那儿待一天都行。”我说。

当科拉叫醒我时，雨已经开始下了。我点上灯朝门口走去，灯光映在玻璃上，他可以看到我来开门，可即便是这样，他也没有停止敲门。他敲门的声音不大，而且很平稳，好像他敲着敲着就要睡着了，而我竟然没有注意到，他敲在门上的位置是那么低，直到我打开门，什么也没看见。我把灯举高，水花溅在上面，科拉的声音从身后的大厅里传来："谁呀，是弗农吗？"可是，一开始我什么也没看见，于是我把灯放低，往地下看。

他看上去就像一只落水的小狗，他穿着外套，没有戴帽子，他在泥浆中走了四英里，泥浆已溅到了他的膝盖处。"啊，天哪。"我说。

"是谁呀，弗农吗？"科拉说。

他看着我，脸中央一双眼睛又圆又黑，就像把一束光投在猫头鹰的脸上所见到的样子。"你还记得那条鱼吗？"他说。

"进屋来，"我说，"怎么啦？是你妈——"

"弗农。"科拉叫道。

他绕进来站在门后的黑暗中。风吹着雨打在灯上，发出嘶嘶的声音，以至于每一分钟我都在担心它会爆炸。"当时你也在，"他说，"你也看见了。"

这时，科拉走到了门口。"你快进来，别淋着。"她说着把他拉进来，而他只是看着我。他看上去就像一只落水的小狗。"我就说嘛，"科拉说，"我就说有什么事发生吧。你快去拴马。"

"可他不是还没说——"我说。

他看着我，身上的雨滴落在地板上。"他会把地毯弄脏的，"科拉说，"你去拴马，我带他去厨房。"

可是他又退回去，身上滴着水，他用那双眼睛看着我，说："你在那儿，你看见它躺在那儿。卡什一定要把她钉在里面，它就躺在那边的地上。你见过的。你见过那东西在尘土里。我来这儿之前，雨势还没增大。我们本可以赶回去的。"

老实说，还真是吓着我了，即便我还什么也不知道。但科拉知道。“你快把那牲口拉进来，”她说，“他已经痛苦得神志不清了。”

老实说，还真是吓着我了。人时不时还是要想想。想想这世界的所有悲伤和痛苦；它们如何能像闪电一般，从四面八方袭来。我寻思着，一个人要对上帝坚信不疑，才能保护自己，尽管有时候，我觉得科拉太过谨慎，好像她要把其他人都挤下去，让自己挨近上帝。可是，一旦发生这样的事，我就觉得她是对的，你就得照着做，所以我觉得，有她这么一个一心向善的妻子，是我的造化，她也是这么说的。

一个人时不时也得想想。但是，不用老是去想什么才是好的。因为上帝是要他付诸实践，而不是花太多时间去思考，因为他的大脑就像一个机器零件，经不起太多折腾。最好是一切照旧，每天干同样的活儿，不让某一个部件超出负荷。我以前说过，现在又要说一遍，达尔的问题一直都存在：他一个人想得太多了。科拉说，他只是需要一个妻子来管管他，这一点没错。而每当我想到这里，我就会想，如果只有结婚才能帮助一个男人，那么他也没救了。可我想，科拉也是对的，她说上帝之所以创造女人，是因为在他看来，男人们不懂得为自己好。

我牵着马进来时，他们已经在厨房了。她在睡衣外边套上衣服，用围巾裹着头，用油布包着《圣经》和雨伞，他坐在一个倒放的桶上，桶扣在垫炉子的锌片上，是科拉给他放上去的，他身上的雨水滴落到地板上。“除了那条鱼，我从他嘴里什么也问不出来，”她说，“那是他的报应。我认为上帝把手伸向这个孩子，是对安斯·本德伦的报应和警告。”

“雨是我出门以后才开始下的，”他说，“那时我已经走了。已经在路上了。它就在尘土里。你也看见了的。卡什一定要把她钉在里面，可你是看见了的。”

我们到那儿时，雨已经下大了，他就坐在我们之间的凳子上，裹着科拉的围巾。他一句话也不说，只是坐在那儿，科拉把伞举在他的头顶。科拉时而也会停止唱诗，说："那是安斯·本德伦的报应。希望能让他看清自己正走上罪孽之路。"然后，她又开始唱，他就坐在我们俩之间，身子稍微向前倾，好像骡子赶不上他似的。

"它就躺在那边，"他说，"可是我走以后，雨就下起来了。所以我就可以去把窗户打开，因为卡什还没有把她钉进去。"

当我们把最后一颗钉子钉好时，半夜已经过了很久，而当我回到家，把马牵出来，再回去睡觉时，天已经蒙蒙亮了，科拉的睡帽还放在枕边。即便那会儿，我仿佛仍可听到科拉在唱诗；可以感觉到那孩子就在我们中间，前倾着身子，好像骡子赶不上他似的；还可看到卡什拿着锯子上锯下锯；安斯像个稻草人一样站在那里，又如一条犍牛站在一个深及膝盖的池塘里，即便这时有路人抓起池塘的一边，把它掀翻，他也浑然不觉。

当我们钉好最后一颗钉子，把棺材抬进屋时，天已经快亮了，她就躺在床上，窗户打开着，雨又打在她的身上。这又是他打开的，他睡得死死的，科拉说他的脸看起来就像是被埋了不久、又被挖出的圣诞节面具。最后，他们终于把她装进棺材，钉好钉子。这一来，他就再也没法帮她打开窗户了。第二天早上，他们发现他卷起衣角躺在地上，像一头倒下的犍牛。棺材的顶上满是洞眼，卡什钻开最后一个洞，刚把他的新螺旋钻抽出来。当他们揭开棺盖的时候，发现有两个洞都钻到了她的脸上。

如果说这是报应，也未免太过了。因为上帝要做的事还有很多。他注定要做那么多事。因为安斯·本德伦唯一的负担还是他自己。每当大家说他坏话的时候，我就在想，他或许并没有那么不堪，不然，他怎能容忍自己那么久呢。

这样的报应未免太过了。一点都不合适。因为他说过，让小孩子到我这里来[1]，可即便如此，这样做也不合适。科拉说："我为你生的孩子，是上帝派给我的。我临盆的时候既不害怕也不恐惧，因为我对上帝的信念非常坚定，这种信念鼓舞着我、支撑着我。即便你没有儿子，那也是上帝明智的裁决。我的生命曾经而且一直，是一本面向众生打开的书，因为我对上帝的信念坚定不移，所以我应该得到回报。"

我想她是对的。我想，如果说这个世界上有哪个人，能让他一动不动就改变或者消除他的意志，那么这个人就是科拉。我想，她还会把他的意志进行一些改动，不管他是如何驾驭这意志的。而且，我还认为，这意志经过她的一番改动，对人类是有好处的。无论如何，我们都得喜欢它。无论如何，我们的日子都得过下去。

【1】《圣经·马太福音》，让小孩子到我这里来，不要禁止他们，因为在天国的，正是这样的人。——译者注

达尔

提灯就放在树桩上，它已经生了锈，油膏发出难闻的气味，灯罩也裂了缝，油烟从灯罩的一边往上冒。它将那微弱而沉闷的光投射到支架、木板和邻近的地上。木屑散落在黑暗的地面，像是软白漆随意涂抹在黑色的油布上。木板就像又长又光滑的破布条，从黑暗中穿过，然后颠倒着出来。

卡什正朝着支架使劲，他来来回回移动着，举起木板又放下，发出咔嗒的回声，这声音在死气沉沉的空气中持续不断，好像我们是在一处看不见的井底将它们举起又扔下，它又总是戛然而止，好像任何动作都能让它们立刻停止回响。他又开始锯木了，他的手肘慢慢地拉动着，一道细微的火花沿着锯齿闪现，卡什每长拉一下锯子，火花就冒出来，上端的熄灭了，下端的又冒出来，这样一来，锯子就好像有六英尺长，它仿佛是从爹那衣衫褴褛、漫无目的的影子里拉进拉出。“把那块木板递给我，”卡什说，“不，是另一块。”他放下锯子，走过来，捡起他说的那一块，那平展的木板发出一道长长的晃光，仿佛将爹扫到一边。

空气中有股硫黄的味道。它们的阴影投射在模糊不清的空气平面，就像映在墙上，那影子仿佛如空气一般，落下时并未飘远，只是凝结片刻，似乎在进行短暂的冥思。卡什继续干活，他的半个身子没入微弱的光线中，大腿和一只纤细如杆的胳膊在使力，接着，他的脸又滑入灯光中，那不知疲倦的手肘透露出一种专注而动态的平稳。天空之下，闪电如页，似在打瞌睡；树木原是一动不动，风吹过，所有的枝叶泛起来，好像瞬间就有了朝气。

天开始下雨了。第一阵猛烈、稀疏而匆忙的雨滴刷过叶丛和地面，发出一阵长叹，好像从那无法忍受的悬停中解脱出来。雨滴如子弹一般大，热烘烘的，像是刚从枪管里面射出；它们扫过提灯，发出邪恶的嘶嘶声。爹抬起头，耷拉着嘴巴，一圈黑色的鼻烟紧紧贴在他的牙龈根部；他那松弛的脸上带着惊讶的表情，他在这表情之下冥思，却又似乎在时间之外冥思，思考着那极大的愤恨。卡什看了看天，又看着灯。他手中的锯子并没有停下来，那迟延的锯齿上的流光也没有间断。

爹回屋去了。雨突然倾盆而下，没有雷声，也没有任何警示；爹被扫到走廊边上，顷刻间，卡什就已经全身湿透了。然而，锯子的动作仍然没有停下，好像它和胳膊受了一种宁静信念的驱使，雨对它们来说，只不过是意识的幻觉。过了一会儿，他放下锯子，走过去，弯身挡住了提灯，他的背倾斜着，透过淋湿的汗衫，可见他骨瘦如柴，好像突然被翻了个里朝外，露出瘦瘠的骨架，汗衫什么的都被翻了出来。

爹又出来了。这会儿，他穿上了朱尔的雨衣，手里还拿着杜威·戴尔的。卡什还蹲在提灯旁，他伸手从后面拿了四根棍子，将它们插在地上，然后从爹手里接过杜威·戴尔的雨衣，将它铺在棍子上，为提灯搭了一个篷。爹看着他。“我不知道你怎么办，”他说，“达尔把他的雨衣带走了。”

“就淋湿呗。”卡什说。他又拿起了锯子；它又开始上上下下，在那不慌不忙的、不透水的木板中进进出出，就像机油里的活塞；卡什浑身湿透了，骨瘦如柴的他似乎永远不知疲倦，他那单薄的身体好像小孩的身体或是老人的。爹看着他，一边眨着眼，雨水从他脸上滴落；他又带着那无声、沉郁却如同自我开罪般的愤恨看着天空，仿佛这一切都在他的预料之中；他时不时动弹一下，满脸憔悴，身上还滴着水。他捡起一块木板，或是一件工具，然后又把它放下。这时，弗农·塔尔也在那里，卡什穿着塔尔太太的雨衣，他和弗农正在找锯子。不一会儿，他们发现锯子就在爹的手上。

“你为什么不回屋去呢，别在这儿淋雨。”卡什说。爹看着他，雨珠从他脸上缓缓滴下。他的脸像是某个野蛮不羁的漫画家勾勒出来的，一副荒诞的模样，那是所有遭受丧亲之痛的人都会有的表情。“你进去吧，”卡什说，“我和弗农就能做好。”

爹看着他们。朱尔的衣服袖子对他来说太短了。雨水从他的脸上流过，慢慢地就像冷却的甘油。“我又不是不愿意为她淋雨。”他说。他又动起手来，弯下身去捡木板，捡起来，又小心地放下去，好像它们是玻璃一般。接着，他走到提灯前，拉扯着那撑起的雨衣，却不小心将它拉倒，这时，卡什走过去，重新搭好它。

“你回屋去吧。”卡什说着扶爹回屋，又拿着雨衣回来，把它折起来，放在遮住提灯的“篷子”里。弗农并没有停下来。他抬起头，还一边拉动着锯子。

“你早该这样做了，”他说，“你明知道会下雨。”

“他是头脑发热。”卡什说着看向木板。

“嗨，”弗农说，“不管怎么说，他都会出来。”

卡什眯眼看看木板。雨水从木板的侧面缓缓流下，一波接一波，密密实实。“我要刨一下它。”他说。

“那就要花更多时间了。”弗农说。卡什将木板侧放着；不一会儿，弗农看着他，然后把木板递给他。

弗农稳稳地按着木板，卡什小心翼翼地刨着板边，像宝石匠那样不厌其烦、丝丝入扣。塔尔太太来到走廊边上喊弗农：“你们还要做多久？”

弗农并没有抬头：“要不了多久，还有一些。”

她看着卡什在木板前弯下腰，他移动的时候，提灯发出浮胀而野蛮的光，在雨衣上溜滑。“你去牲口棚拿些木板，赶快做完，进屋来，”她说，“不然，你们俩都会没命的。”可是，弗农却动也不动。“弗农。”她说。

“我们要不了多久了，”他说，“我们一会儿就做好了。”塔尔太太看了他们一会儿，然后又回到屋里。

“要是来不及，我们就去拿那些板子吧，”弗农说，“之后，我会帮你补上。”

卡什停下手中的刨子，顺着木板斜眼看去，还一边用手掌擦着木板。“再给我一块。”他说。

黎明将至，雨就停下了。可是，卡什在众人的目光中钉完最后一颗钉子，硬生生地站在那里，低头看着做好的棺材时，天还没有亮。他的脸在提灯中显得很平静，一副若有所思的样子；他的手以一种慎重而镇定、似乎下定决心一般的姿势慢慢拍打在被雨衣覆盖的大腿上。接着，他们四个——卡什、爹、弗农和皮博迪——用肩膀把棺材抬进屋。这棺材很轻，可他们却走得很慢；这棺材是空的，可他们却抬得小心翼翼；这棺材没有生命，可是他们边走边小声对话，好像它此刻是在轻睡，不久就会醒来。他们的脚步在黑暗的地板上笨拙地挪动，好像它们已经很久没有落地似的。

他们把棺材放在床边。皮博迪小声地说：“我们先吃点东西吧。天就快亮了。卡什呢？”

他又回到了支架那里，在那微暗的灯光中，他再一次弯下身，拿起他的工具，用抹布小心翼翼地把它们擦干净，然后将它们放进一个拴着皮带子的工具箱里。接着，他拿起工具箱、提灯和雨衣，回到屋里，他走上台阶，那朦胧的影子，映在东方苍白的天空下。

在一个陌生的屋子里，你必须放空自己，才能入睡。而在你放空自己睡下之前，你是什么呢。若你为了入睡而放空自己，其实你并没有真正放空。当你睡意正浓时，其实你根本没有这么困。我不知道我是谁，也不知道自己是否存在。朱尔知道他自己是谁，因为他不知道自己竟然不知道自己是否存在。他无法放空自己，无法入睡，因为他不是他，他成了不是自己的人。在没有灯光照及的墙外，我能听到雨打在我们的马车上，勾勒出马车的轮廓，车上的货物虽然还在，但是它们已不属于那些把它们伐倒锯下的人，不属于那些买下它们的人，当然，也不属于我们，只有风雨为尚未入眠的朱尔和我勾勒出它们的轮廓。因为睡眠不存在，雨和风也只是*曾经存在*，所以木材也是不存在的。而马车是*存在的*，因为如果马车*曾经存在*，那么安迪·本德伦将*不会存在*了。朱尔是*存在的*，所以安迪·本德伦一定存在。那么，我也就一定存在，不然我就不能放空自己，不能在陌生的屋子里入睡。而如果我没有放空自己，那么我就是*存在的*。

曾经多少个雨夜，我躺在陌生的屋子里，想念着家乡。

卡什

我把它们做成斜面相接的。这样一来钉子控制的面积就更大。每一个接合面的面积就增大两倍。

雨水就得斜着渗进棺材。水在上面随意流动，横竖无阻。

屋子里的人有三分之二的时间都是直立的。因此，接合面和连接点都被做成垂直的。因为力是垂直作用的。

人们在床上的时候总是躺着的，因此，接合面和连接点都被做成水平的，因为力是水平作用的。

但是——

身体并不像枕木那样方正。

还有动物磁力的关系。

动物尸体的磁力，使得力斜向起作用，这样一来，棺材的接合面和连接点就被做成斜面相交。

从古老的坟墓你可以看出，地面往往是斜向塌陷的。

在天然形成的洞穴中，塌陷处都是在正中，力是垂直作用的。

因此，我把它做成斜面相交的。

这样做起来，就更加匀整了。

瓦达曼

我妈是一条鱼。

塔尔

我回到家，把皮博迪的牲口拴在马车背后，就已经十点了。他们已经把马车拉上来了，先是奎科发现马车底朝天横在离山泉一英里以外的水沟里。它是从山泉那边被拉到路上去的，差不多有十几辆马车在那里出过事。是奎科发现的。他说当时河水已经上涨，而且还不见停。他还说河水已经漫过了河栏上他所见过的最高水线。“那座桥经不起这么大的水，”我说，“有没有人告诉安斯·本德伦？”

“我对他说过，”奎科说，“可是他说，他以为孩子们已经听说了，而且卸了货，这会儿正往回赶呢。他说他们可以装上棺材过桥的。”

“他得赶快把她埋在纽霍普，”阿姆斯蒂德说，“那座大桥年岁太久。我可不是瞎说。”

“他已经打定主意要送她去杰弗逊了。”奎科说。

“那他只好尽快赶去那里。”阿姆斯蒂德说。

安斯到门口迎接我们。他刮了胡子，可刮得并不好，下巴上拉了好长一道口子。他穿着星期天穿的裤子，还穿了一件白色汗衫，领圈扣得严严实实。汗衫贴在他的驼背上，显得驼背更大了，好像白色汗衫就有这样的作用，而他的脸上也带着与往常不同的表情。此刻，他看着大家的眼睛，一副庄严的模样，他脸上的表情悲伤而沉着。我们上了走廊，一边打整鞋，他走过来和我们握手，我们穿着星期天的衣服，动起来窸窸窣窣，有些不自在，他迎过来的时候，我们甚至都没有正眼看他。

“这是上帝的旨意。”我们说。

“上帝的旨意。”

那孩子并不在这儿。按皮博迪所说，他看见科拉在煮那条鱼，就对着她又喊又抓，于是杜威·戴尔只好把他关在牲口棚里。“我的牲口还好吗？”皮博迪说。

“好得很，”我对他说，“我今天早上喂过它饲料。你的马车也丝毫无损。”

“不是谁在搞鬼吧，”他说，“我只想知道我的马儿挣脱的时候，那孩子在哪儿。”

“要是什么地方坏了，我帮你修好。”我说。

女人们去了屋里。我们听得见他们的谈话声和扇子的声音。扇子呼呼，呼呼，呼呼。只听得扇子的呼呼声，以及他们的谈话声，那声音就像蜜蜂在水桶里嗡嗡叫。男人们就留在走廊里，偶尔说几句话，也不互相看一眼。

“你好啊，弗农，”他们说，“你好啊，塔尔。”

“这天看上去还要下雨。”

“没错。”

“是啊，伙计。还要下雨。”

“这雨是说下就下。”

“去的时候又是慢吞吞的。准没错。”

我绕到屋子后面。卡什正在填补他在棺材上打的洞。他正在削木塞，一次削一个，可是木料已经打湿了，削起来也不方便。他本可以割开一个锡罐，把洞填上，这样也没有谁会发现什么。再说，没人会在意这个。我还曾见他花一个小时来削一块楔形塞子，好像是在雕刻玻璃似的，他本来可四处捡些棍子，把它们插进洞里，这样就行了。

干完活后，我就回到前边。男人们已经离屋子稍远一些了，他们坐在木板的末端，有的坐在锯架上，昨晚我们就是在这上面做的棺材，我们有的坐在上面，有的蹲在地上。怀特菲尔德还没有来。

他们看着我。眼睛好似在询问。

“就快好了，”我说，“他就要把它钉上了。”

他们正要起身时，安斯来到门口，看着我们，于是我们又回到走廊上。我们又开始仔仔细细地打整鞋子，在门口磨磨蹭蹭，谁也不愿意先进去。安斯就站在门口，一副庄严而镇定的样子。他招手示意我们进去，然后自己走在前面。

他们把她颠倒着放进棺材里，卡什把棺材做成钟形，像这样：

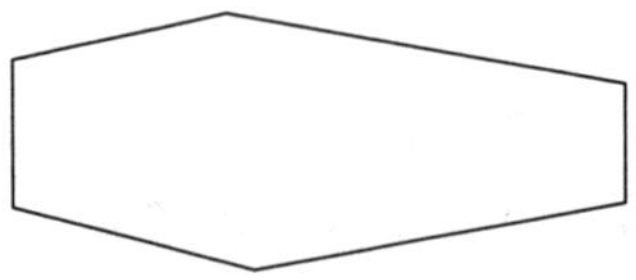

每一个连接点和接合面都用刨子精心刨过，像鼓一样密实，像针线篮一样整洁。他们把她从头到脚放进去，这样一来，就不会把她的裙子弄皱。那是她结婚时穿的裙子，裙摆蓬开，他们把她从头到脚放进去，这样一来，她的裙子就能够展开。另外，他们还用蚊帐给她做了一块头纱，遮住她脸上的洞。

我们出去时，怀特菲尔德来了。他走进来，下半身全湿了，还沾满了泥浆。“上帝会安慰这一家人的，”他说，“我来迟了，因为桥被冲走了，我走到下面的浅滩，骑马蹚水过来的，多亏上帝保佑我。他的恩泽也会惠及这一家人的。”

我们又回到了放支架和木头节的地方，有的坐着，有的蹲下。

“我就知道它会被冲走。”阿姆斯蒂德说。

“那桥也有些年头了。”奎科说。

“你是说，是上帝让它在那儿的，”比利叔叔说，“据我所知，二十五年来，没人动过一锤一凿去修理它。”

“它在那儿有多久了，比利叔叔？”奎科问道。

“是多少年修建的呢……让我想想……是1888年，”比利叔叔说，“我还记得那是生乔迪的时候，皮博迪来我家，他是第一个过桥的人。”

“要是你妻子每生产一次，我就过来一次，那这桥早就塌了，比利。”皮博迪说。

我们笑了，时而笑得很大声，突然又安静下来，稍微偏过脸互相看一眼。

“有多少走过这座桥的人，今后任何桥都过不了了。”豪斯顿说。

“没错，”里特约翰说，“就是这样。”

“他答应过她，”我说，“这是她的想法。她是从那儿来的。她已经打定主意要回那儿去。”

“安斯也打定主意了。”奎科说。

“唉，”比利叔叔说，“他就是这样一个男人，一辈子放任自流地过日子，突然决定要做一件事，就会给所有认识的人带来大麻烦。”

“哎，现在只能让上帝带她过河了，”皮博迪说，“安斯可做不到。”

“我想他会的吧，”奎科说，“到目前为止，他已经照顾安斯好长一段时间了。”

“没错。”里特约翰说。

“依我看，他就像在座的各位一样，”比利叔叔说，“照顾他太久，到现在想放弃也难了。”

说到这儿，卡什出来了。他换上了一件干净的T恤；那淋湿的头发，搭在眉毛上方，梳得很顺溜，那头发又黑又顺，仿佛是他漆在头上的。他在我们中间动作僵硬地蹲下来。我们就看着他。

“你对这天气有反应，对吗？”阿姆斯蒂德说。

“骨头折断的人一般都会有反应，”里特约翰说，“骨折的人能预示天气。”

“幸好卡什只摔断了一条腿，”阿姆斯蒂德说，“不然他就得一辈子躺在床上了。你是从多高摔下来的，卡什？”

“大概二十八英尺四点五英寸高。”卡什说。我凑到他那边。

“人站在湿木板上一不留神就会滑倒。”奎科说。

“真是太糟糕了，”我说，“可是你又有什么办法呢。”

“都是那些没用的娘们儿，”他说，“我做得正合适，我是为她量身打造的。”

要是人们站在湿木板上就会滑倒，那么在这鬼天气过去之前，不知道还有多少人会滑倒呢。

“你也拿它没办法。”我说。

我才不关心人们是否滑倒。我关心的只有棉花和玉米。

皮博迪也不关心是否有人滑倒。对吧，医生？

没错。地面会被冲得干干净净。就好像免不了要发生什么事似的。

当然啰。正因为这样庄稼才值钱。要是没个三灾两难，每家人都大获丰收，你觉得种粮食还有意义吗？

罢了，可是，鬼才希望看到自己辛辛苦苦种出来的东西被大水冲走。

是啊。只有自己能够呼风唤雨的人才不在乎看着庄稼被水冲走。

那么，谁又能呼风唤雨呢？他眼珠子里哪儿还有颜色呢？

啊。是上帝让庄稼生长，也是他让它被水冲走。他什么时候觉得合适，就让大水把它冲走。

“你又有什么办法呢？”我说。

“都是那些没用的娘们儿。”他说。

女人们在屋子里唱歌。我们听到第一句歌声响起来，接着，等她们唱开来，歌声就开始变大，于是我们站起身，朝门口走去，我们摘下帽子，吐掉嘴里嚼的东西。可是，我们并没有走进去。我们在台阶上停了下来，发出笨重的脚步声，攥着帽子的手要么垂在身前，要么搭在背后。我们低着头，双脚一前一后地站着，不时左右看一眼，又或是看看手中的帽子，再看看脚下的土地，偶尔抬头看看天空，以及彼此那沉重而镇定的脸。

歌声结束了；那声音一路颤抖着，浑厚落幕。这时怀特菲尔德开始了。他的声音比他自己还大。就好像两者不是同一体。好像他是他，声音是声音，它们骑在两匹并排的马上，涉水而来，冲进屋子，其中一个溅了一身泥浆，而点水不沾的那一个摆出一副得意扬扬而又悲伤的样子。屋里有人开始哭了。那哭声听起来就好像她的眼睛和声音都被翻到里边去了，好像也在听着；这时我们开始动了，我们把重心转移到另外一只脚上，我们的眼神碰到一起，却假装什么也没看见。

怀特菲尔德最终停下来了。女人们又开始唱歌了。她们的声音好像是从这浓浊的空气中传来，循着悲伤而令人慰藉的调子，一起飘荡。它们停下来，却并未飘远，好像只是消失在空气中，只要我们一动，就能再次将它们从空气中解放出来，那悲伤而令人慰藉的曲调。等到她们唱完歌，我们就戴上帽子，我们的动作很僵硬，就好像之前从未戴过帽子似的。

回去的路上，科拉还在唱歌。“我正在靠近我的上帝和我的福报。”她坐在马车上唱着，肩上搭着披肩，尽管雨已经停了，可是她仍然把伞撑在头上。

“她总算得到福报了，”我说，“不管她去了哪里，只要摆脱了安斯·本德伦就算是福报了。”

她在那棺材里躺了三天，等着达尔和朱尔回家，拿着新轮子，再到马车出事的地方去。“用我的马车吧，安斯。”我说。

我们还是等自己的马车吧，他说。她是这么希望的。她总是个不一样的女人。

等到第三天，他们回来，把她装上马车出发了，可是已经太晚

了。你们得绕路去走萨姆森那座桥了。到那儿也要花一天时间，再说，那儿离杰弗逊还有四十英里。用我的马车吧，安斯。

我们还是等自己的马车吧。她是这么希望的。

我们在离房子大概一英里的地方看到他，他坐在一个泥塘的边上。据我所知，这泥塘里从来就没有过一条鱼。他扭头看我们，一双眼睛瞪得圆圆的，显得很镇静，脸上脏兮兮的，他将钓竿横放在膝盖上。这时科拉还在唱歌。

“今天可不是钓鱼的好天气，”我说，“你跟我们回家去，明天一早我带你去河边钓。”

“这里面有一条鱼，”他说，“杜威·戴尔看见过它。”

“你和我们一起回去。河里才是钓鱼的好去处。”

“它就在这里面，”他说，“杜威·戴尔看见过它。”

“我正在靠近我的上帝和我的福报。”科拉唱道。

达尔

“死的又不是你的马，朱尔。”我说。他坐在凳子上，身子稍微往前倾，背打得很直，就像木板一样。他的帽檐已经打湿，有两处从帽顶上垂下来，挡在他那木然的脸上，于是他低着头，穿过这两处往外看，就像透过头盔的帽舌往外看一样，他的眼睛越过山谷，远眺着悬崖下的牲口棚，眼眸里出现一匹看不见的马的轮廓。“看到它们了吗？”我说。它们悬在房子的上方，在那厚重的苍穹之下，就像一圈圈逐渐缩小的圆。从这里看，它们不过是一些既仇恨难平又百般隐忍的、不祥的黑点。“可是，死的又不是你的马。”

“你这该死的，”他说，“你这该死的。”

我不能爱我妈，因为我没有妈。朱尔的妈是一匹马。

那只高大的兀鹰，一动不动地，以盘旋之态停留在空中，流云滚滚，它也仿佛在往后退似的。

他一动也不动，背就像木头一样，脸上也是一副木然的表情，他想象马儿也长了一个硬生生的驼背，像勾着翅膀的鹰一般。他们在等着我们，等着我们抬起棺材，等着他。他走进畜栏，等着它踢他，这样一来，他就能溜过去，上到食槽那里，然后停下来，通过畜栏顶端的缝隙窥看那空旷的小路，然后爬到放干草的阁楼上。

“他真该死。他真该死。”

卡什

“这样就不稳了。如果你想搬运它，还要稳住，那么我们就要——”

“抬起来。你这该死的，我叫你抬起来。”

“我跟你说，这样不方便搬运，载着也不稳，除非——”

“抬起来！抬起来，你这该死的牛鼻子见鬼去啦，抬起来！”

可是，它不稳。他们要是想搬运它，还要稳住，就得——

达尔

他和我们一起在棺材旁边弯着腰，八只手里就有两只是他的。血潮一阵一阵涌上他的脸，每退去一阵，就露出他那铁青的脸，像奶牛反刍过的食物一样，光溜、厚实、青白；他的脸憋着气，一副愤愤的样子，嘴唇也咧开来。“抬起来！”他说，“抬起来，你这该死的牛鼻子鬼！”

他使劲往上举，突然把棺材的一头整个举起来，于是我们赶紧使力举起另一头，以保持平衡，免得他把它彻底掀翻。一开始，它好像有意志一般，抵抗了一会儿，好像她那纤细如杆的身体在里面拼命抓着，为了多少给自己留点尊严，她好像试图掩盖一件不得已弄脏的衣服，尽管她已经死了。不一会儿，棺材松动了，突然升起来，好像她那消瘦的身体给这木板增加了浮力，又好像她看到那件衣服就要被撕破，于是她倒转过来，突然冲出去，全然无视它本身的意愿和需要。朱尔的脸突然变得铁青，我还能听到他牙齿的声音。

我们将它搬出大厅，我们在地板上艰难而笨拙地拖着步子，穿过大门。

“稳住一分钟，快。”爹说着就放开了手。他转身去关了门，还上了锁，可是朱尔不愿意等。

“快，”他憋着气说，“快呀。”

我们小心地把棺材抬下石阶。我们慢慢地移动，使它保持平衡，好像那是极为珍贵的东西，我们转过脸，屏住鼻息，气流从齿间呼出。我们往下朝山坡走去。

“我们最好等一下，”卡什说，“我跟你说过它这会儿不稳。要走过那山坡，我们还需要一个人手。”

“你松手就好了。”朱尔说。他可不愿意停下。卡什开始掉队了，晃晃悠悠地跟在后面，急促地呼吸着；过一会儿，他离我们就有一段距离了，朱尔一个人就将整个前端抬起来，走到倾斜的路段，它就开始滑向空中，就像雪橇在看不见的雪上滑行，一路顺畅地排着空气，还留下棺材的幻影。

“等等，朱尔。”我说，可是他才不愿意等。他现在几乎是在跑了，卡什被落在后边。这时候，对于我来说，我抬着的那一头，好像失去了重力，好像它是一根急着冲出去的稻草，漂浮在朱尔那愤怒而绝望的思潮之上。我甚至没有碰到它，他就扭过身，让它晃晃悠悠地越过他，再让它停下，将它送入车厢，然后顺势回头看着我，他的脸上充满了愤怒与绝望。

“你真该死。真该死。”

瓦达曼

我们正在进城的路上。杜威·戴尔说它不会被卖掉，因为它是属于圣诞老人的，他把它收回去，要到明年圣诞节才拿出来。那它又回到橱窗的玻璃后了，它发着光，等待着。

爹和卡什正在下山的路上，朱尔却去了牲口棚。“朱尔。”爹叫道。可是朱尔并没有停下。“你要去哪里？”爹说。可是朱尔并没有停下。“你就把那匹马留在这儿吧。”爹说。这时，朱尔停下来，看着爹。朱尔的眼睛看起来就像大理石。“就把那匹马留在这儿，”爹说，“我们全都坐马车和你妈一块儿去，就依她的。”

可是，我妈是一条鱼。弗农也见过的。当时，他就在那儿。

“朱尔的妈是一匹马。”达尔说。

“那我妈也是一条鱼，对吧达尔？”我说。

朱尔是我的哥哥。

“那我妈也是一匹马了。”我说。

“为什么？”达尔说，“如果爹是你的爹，那为什么朱尔的妈是一匹马，你的妈就必须是一匹马呢？”

“为什么？”我说，“为什么呀，达尔？”

达尔也是我的哥哥。

“那你妈又是什么呀，达尔？”我说。

“我没有妈，”达尔说，“就算有，也只是*过去有*。如果过去有，就不是*现在有*。不是吗？”

“是。”我说。

“那我就没有妈，”达尔说，“对吧？”

“不对。”我说。

我有。达尔又是我的哥哥。

“可是*你有*，达尔。”我说。

“我知道，”达尔说，“所以我并不是*现在有*，如果*有*的话，一个女人怎么能生那么多孩子呢。”

卡什正搬着他的工具箱。爹看着他。“我回来的时候要在塔尔家停一下，”卡什说，“要把牲口棚的顶修好。”

“这可是不敬，”爹说，“这不是故意无视她和我吗？”

“你要他大老远走路到这儿，拿着工具，再去达尔家吗？”达尔说。爹看着达尔，他嘴里正嚼着什么东西。现在爹每天都会刮胡子，因为我妈是一条鱼。

“这可使不得。”爹说。

杜威·戴尔手里拿着一包东西。她还带着我们的晚餐篮子。

“那是什么？”爹问。

“是塔尔太太的蛋糕，”杜威·戴尔一边上马车一边说，“我要帮她带去城里。”

“那可使不得，”爹说，“那是对死者的不敬。”

它就在那儿。她说，圣诞节一到，它就在那儿，在轨道上闪闪发光。她说他是不会把它卖给城里的孩子的。

达尔

他一路朝牲口棚走去，走进谷仓，背挺得很直，就像木板一样。杜威·戴尔将篮子挎在胳膊上，另一只手拿着什么东西，还用报纸包着。她的脸显得冷静而阴郁，她的眼睛哀伤又警觉；从她的眼睛里，我看到皮博迪的背影就如针箍里的两粒豌豆：或许皮博迪的背上有两条蠕虫，它们鬼鬼祟祟、从容不迫地穿过你的身体，再从前面出来，使你突然从睡梦中惊醒，或是本来醒着又被惊吓一阵，而你脸上的表情也变得急促而担忧。她将篮子放在马车上，自己也爬上去，她双脚从紧绷的裙子里长伸出来——那可是撬起地球的杠杆；是测量生命长宽的标尺。她坐在瓦达曼旁边的座位上，将包裹放在膝盖下。

接着，他走进牲口棚。他并没有回头看。

“那可使不得，”爹说，“他为她做这点事也不算什么吧。”

“走吧，”卡什说，“他不想去就让他留下吧。他在这儿也好。或许他会去塔尔家待着呢。”

“他会追上我们的，”我说，“他会抄近路，在塔尔家的那条路上和我们会合。”

“他还想骑那匹马呢，”爹说，“要是我不阻止他的话。那只长斑的畜生比流浪猫还野。那可是故意对你妈和我不敬。”

马车开始动了；骡子的耳朵也开始摆动。在我们身后，房子的上面，那兀鹰一动不动地高耸着，如一个个圆圈，逐渐缩小，然后消失不见。

安斯

我跟他说过，不要骑那匹马，那是对他死去的妈的不敬，这真是不像话，他倒好，神气地骑在马戏团的畜生身上，可他妈希望我们全部血亲都和她一起待在马车里，可是，我们还没走到塔尔家的小路上，达尔就开始笑了。他和卡什一起坐在后边的板凳上，他在笑，而他死去的妈就躺在他脚边的棺材里。我都不知道跟他说过多少次，他这样做，会给人们留下话柄。我说我还是很在意人们对我的亲生骨肉说三道四，就算你不在乎，就算我养了这群不争气的孩子，你这样做，引得人们对你议论纷纷，这也会连带你妈的。我说，我倒无所谓，我是一个男人，我可受得了；你得顾及家里的女人们，你妈和你妹妹的感受。我转过头看着他，他就坐在那儿，笑着。

“我倒不指望你尊重我，”我说，“可是你的亲妈在棺材里，还没冷透呢。”

“看那边。”卡什说着猛然把头转向小路。那匹马离我们还有一段距离，它正一路向我们飞奔而来，不用问都知道马背上坐着的是谁。我只是回头看了看达尔，他还坐在那儿笑。

“我可是尽力了，”我说，“我尽力满足了她的心愿。上帝会理解我，并且宽恕孩子们的行为，这也是他赐予我的。”达尔就坐在她的棺材上方，笑个不停。

达尔

他匆匆走上小路，拐到路上时，泥浆在挥舞的马蹄下飞溅，那时，我们离路口只有三百码远。于是他稍微慢了下来，在马鞍上自在地挺着身板，马儿在泥泞路上不自在地踏步。

这时，塔尔在他家的院子里。他看见我们，就扬起手。我们继续朝前走去，马车发出吱呀的声音，泥浆也在车轮下嗒嗒作响。弗农还站在那儿。朱尔骑马过去时，他看着他，那匹马抬高了腿，步伐轻快地踏过去，在我们后面三百码。我们也朝前走着，一路昏昏欲睡、如梦如幻，顾不上走了多远，仿佛在我们之间流逝的是时间，而不是空间。

小道峰回路转，上个星期天的车轮痕迹已经不见了。一条平缓的矿渣路蜿蜒地通向松林间；一张白色的路牌，上面的字迹已经脱落，却依稀可见：纽霍普教堂，三英里。马车一路跟进，像一只一动不动的手，高举在深寂的海洋之上；身后那条红色的道路宛若车轮的辐条，而安迪·本德伦就是那辐条的镶边。马车开过，一路轻快无阻，连车痕也未留下，那白色的路牌也转过来，不见了那脱落而安宁的字迹。卡什静静地看着路面，我们经过路牌时，他像鹰一样别过头，脸上的表情显得很镇定。爹佝着背，径直看向前方。杜威·戴尔也看了看路面，然后转头看我，她的眼神警惕又带着排斥，片刻也不曾有过卡什那般疑问的眼神。不一会儿，路牌不见了；马车开过，一路无痕。于是杜威·戴尔转过头。马车又开始吱呀作响。

卡什朝车轮外吐了一口痰。“再等两天就要发臭了。”他说。

“你该跟朱尔说。”我说。

此刻，他已经走到了会合路口，他坐在马背上，一动不动，背挺得很直，他看着我们，其镇定不输于那背对着他的路牌。

“棺材不稳，走不了长路。”卡什说。

“那告诉他啊。”我说。马车发出吱呀的声音。

马车行了一英里远，他走在了我们前面，马儿弓着身子，突然被缰绳一扯，一只脚迅速提起来。他轻轻坐在马鞍上，表情镇定，背挺直，一副木然的样子，那破损的帽子斜向一方，摇摇欲坠。他一溜烟就超过了我们，也没有看我们一眼，马儿一路飞奔，马蹄在泥浆中嘶嘶作响。一块泥浆被马蹄带起，往后啪嗒一声打在棺材上。卡什身子向前倾，然后从工具箱里拿出一块物件，小心翼翼地刮去泥块。走到怀特里夫时，路旁的柳条垂落，他折下一枝，用柳条的湿叶子擦拭棺材上的污迹。

安斯

要在这里生存可不容易；这是个苦地方。他一路走过八英里，身上的汗全都流进上帝的土壤里，而这正是上帝的意思。在这个作孽的世界，辛苦干活的老实人哪儿还捞得到好处。在城里开店，也不用干出汗的活，哪儿还会流汗。辛苦干活的人——农民们可不能和他们比。有时候我也在想，我们为什么还要干活。或许因为在那儿我们就能得到补偿吧，城里人可不能把汽车什么的都带去。在那里，每个人都是平等的，上帝会把有钱人的东西分给穷人。

可是，那不知道要等多久。一个人非得对自己和死去的亲人不敬才能获得做好事应有的回报，多可悲。我们一天都在赶路，黄昏时分到了萨姆森家，可是那座桥也被水冲走了。他们从没见过河水涨这么高，而且雨已经停了。就连老人们记忆中也没见过，甚至没听说过涨这么大的水。我是上帝所选，他要对钟爱的子民予以鞭打。[1]可是，见鬼，他的方式也太奇怪了，要我说。

不过，现在我可以安假牙了。这样或许能给我些许安慰吧。会的。

【1】《圣经·希伯来书》第十二章第六节。——译者注

萨姆森

太阳就快落山了。我们坐在走廊上，马车载着他们五个从路的那边赶来，后面还跟着一个骑马的。他们当中，有一个人在挥手，可是他们一路穿过店铺，并没有停下来。

“那是谁呀？”麦卡勒姆说，我想不起他的名字了，是莱夫的双胞胎兄弟；就是其中一个。

“是本德伦，从下边纽霍普来的，”奎科说，“朱尔骑的是斯诺普斯卖出的马。”

“我不知道他们还剩了那样一匹马，”麦卡勒姆说，“我以为你们那儿的人最后会硬把它们弄走呢。”

“你倒是去骑一下那匹马看看。”奎科说。这时马车还在继续向前。

“我敢打赌，农老爹是不会把那匹马白给他的。”我说。

“当然不会，”奎科说，“他是从帕普那里买来的。”马车仍然继续向前开着。“他们一定是还没有听说桥被水冲走的事吧。”

“那他们上这边来干什么呢？”麦卡勒姆说。

“我想他是打算把妻子埋了以后，去度假吧，”奎科说，“看样子是要去城里，可是塔尔家那边的桥也没了。我在想，他们会不会还没有听说桥被冲垮的事啊。”

“那样一来，他们只好飞过去了，”我说，“从这儿到伊莎塔瓦河口，怕是没有别的桥了吧。”

马车上好像还装了什么东西。可是奎科三天前才去过葬礼，我们倒也没多想什么，只知道他们很晚才从家里出发，大概还没听说桥被冲垮的事。“你最好叫住他们。”麦卡勒姆说。见鬼，我都快叫出他的名字了。可是奎科却叫起来，于是他们停下了，他正朝马车那边走，要去告诉他们桥的事。

他带着他们回来了。“他们要去杰弗逊，”他说，“塔尔家那边的桥也被冲垮了。”他脸上的表情非常滑稽，尤其是鼻孔周围那一圈，就好像我们不知道似的。可是，他们就坐在那儿，本德伦，他的女儿，和那个小家伙坐在凳子上，卡什和老二，就是人们常常议论的那个儿子，坐在横搭在后挡板上的木块上，另一个儿子则骑在那匹长斑的马上。我想他们这会儿都已经习惯了，因为当我对卡什说他们得再绕回纽霍普，并告诉他最好怎样时，他只是回了一句：

“我想我们能到那儿。”

我并没有过多地干涉他们。各人走各人的路吧，我说。可是当我和拉奇尔说起他们时，才意识到他们当中没有一个合格的人来料理她，而且这又是在七月，等等。于是我下去牲口棚，试着和本德伦说说这事。

“我答应过她，”他说，“她已经打定主意了。”

这下我可是见识到了，一个讨厌行动的懒汉，一旦开始做某件事，是如何决心行动到底的，就像他决心不动那样，好像他讨厌的并不是行动本身，而是这行动的开始和结束。又好像，倘若发生什么事，让这开始和结束变得艰难，他倒是会乐颠一阵。他就坐在马车里，佝着背，眨着眼睛，听我们讲着桥如何一下子就被冲走，水涨得有多高，他听到这些后，得意得很，鬼才骗你，好像是他自己让水涨那么高似的。

“你说你从没见过水涨这么高？”他说，“可是，上帝的意愿总是要实现的。”“我看，到明天早上，水也不见得会消下去多少。”他说。

“你今晚最好待在这儿，”我说，“明天一早再去纽霍普。”我只是可怜那些骨瘦如柴的骡子。我对拉奇尔说：“外面那么黑，你该不会要我把他们拒之门外吧，他们家离这儿还有八英里哟。我还能怎么做呢，”我说，“也就只一个晚上，他们会把马车留在牲口棚，天一亮肯定就会走。”于是我说：“你们今晚就留在这儿吧，明天一早再回纽霍普去。我这儿也有的是工具，吃完晚饭后，孩子们如果想，就可动手挖坑。”这时，我发现那个女孩正看着我。如果她的眼睛是一把手枪，那我早就不在这儿说话了。她的眼睛在朝我喷火，骗你我就是条狗。我去牲口棚时，从他们身旁走过，我上去的时候，她正在说话，根本就没注意到我。

“你答应过她的，”她说，“要是你没有答应她，她也不会安心去。她以为自己可以信任你。你要是做不到，会遭天谴的。”

“谁说我不履行承诺啦，”本德伦说，“我心里对谁都没有鬼。”

“我才不管你心里怎样。”她说。她仿佛是在说悄悄话，语速也很快，“你答应过她，就得做到。你——”接下来，她看到了我，便没再说下去，就站在那儿。如果她的眼睛是手枪，那我早就不站在这儿说话了。所以，我和他说话时，他说：“我答应过她的。她已经打定主意了。”

“可是在我看来，她倒是宁愿把她妈埋在附近，这样她就可以——”

“我说的是安迪，”他说，“她已经打定主意了。”

于是我叫他把马车赶进牲口棚，因为看样子又要下雨了，晚饭也已经准备好了。不过，他们还不愿意进来。

“我谢谢你，”本德伦说，“可是，我们不能给你添麻烦。我们篮子里带了点东西。可以应付一下。”

“可是，”我说，“你尊重你们家的女人，我也尊重我们家的女人。到了饭点，要是有人在我们家停下，却不上桌吃饭，我妻子就会以为这是看不起她。”

于是，那丫头就去厨房帮拉奇尔。接下来，朱尔也和我一起进了牲口棚。

“嗨，”我说，“阁楼上的干草尽管用。喂骡子的时候也喂喂你的马吧。”

“我宁愿付钱给你。”他说。

“付什么钱？”我说，“我可不会勉强别人喂马。”

“我倒宁愿付钱给你，”他说，“我想他说的是多出的。”

“多出的什么？”我说，“它不吃干草，还是不吃玉米？”

“就是多吃的粮草，”他说，“我要多喂它一些，而且我不想让它欠任何人。”

“我这儿可不卖粮草，孩子。”我说，“它要是把阁楼上的草都吃干净了，明天一早我把牲口棚里的给你装马车上去。”

“它从来不欠任何人的，”他说，“我宁愿付钱给你。”

我想说，要是按照我的想法，你也不可能站在这儿。可是，我只是说：“那就从现在开始让它欠着吧。你从我这儿是买不到粮草的。”

拉奇尔把晚餐端上桌后，便和那丫头一起去铺床了。可是，他们谁也没有进来。“她已经死了这么长时间，该不会硬要我们守那些愚蠢的规矩吧。”我说。因为，她还活着的时候，我都很尊敬她，就算她死了，你们也该尊敬她啊，而对于一个已经在棺材里躺了四天的女人，对她最大的尊敬，就是尽快让她入土为安。可他们却不这么做。

“这可使不得，”本德伦说，“当然，要是孩子们想去睡觉，我就在这儿守着她。为了她，我这点苦还是能吃的。”

因此，当我回到那儿时，他们所有人围着马车蹲在地上。“要不，让那个小家伙进屋睡会儿吧。”我说。“你也最好进来。”我对那丫头说。我并不是要管他们的事，据我所知，我从没和她有过什么瓜葛。

“他已经睡着了。”本德伦说。他们把他放进一个空畜栏的食槽里。

“那你们就进来吧。”我对她说。可她还是一句话都不说。他们就那样蹲在原地。你几乎都看不清楚他们。“孩子们，你们呢？”我说，“明天还有一整天时间呢。”过了一会儿，卡什说：“谢谢你。不过，我们可以应付的。”

“我们不想欠人情，”本德伦说，“我真心地感谢你。”

于是我走开了，他们还蹲在那里。我想，都四天了，他们可能已经习惯了。可是拉奇尔不答应。

“真气人，”她说，“真气人。”

“他又有什么办法呢？”我说，“他都已经答应她了。”

“谁在说他？”她说，“谁会理他呀？”她哭着喊道，“你和他，和世界上所有的男人，你们在我们活着的时候折磨我们，死了又不尊重我们，还拖着我们在村子里到处走，我只希望——”

“好了，好了，”我说，“别生气了。”

“别碰我！”她说，“你别碰我！”

男人总是对她们无语。我和这个女人一起生活了十五年，可还是摸不透她。我也曾想象我们之间有很多问题，可是我怎么也没想到，问题会是因这个死了四天的女人的尸体而起。话说回来，她们可真能折腾自己，不像男人一样，能够逆来顺受。

于是我躺在床上，听着雨下起来，想着那边的他们，蹲在马车旁，雨水打在车篷上，想着拉奇尔还在那边哭，甚至于过了一会儿，她都已经睡着了，我似乎还能听到她的哭声，还能闻到她哭泣的气息，尽管我知道自己不可能闻到。我都分不清自己那个时候是不是能闻到，又或者，我并不只是知道能闻到就是能闻到。

所以，第二天早上，我并没有下去。我听到他们套马的声音，知道他们就要起程了，于是我走到前边，一路向桥的方向走去，然后我听到马车从院子里出来，朝纽霍普赶去。这以后，我回到家，拉奇尔就冲着我吼，怪我没留下他们吃早饭。你是永远都摸不透她们的。就算你刚开始认定她们是某个意思，到最后也会改变想法，搞得好像你根本没有鞭策自己去揣摩她们的意思似的。

可是，我好像还能闻到它。于是我认定并不是我真的闻到了它，而是我知道它就在那儿，就像你时不时也会被捉弄一样。可是，当我走到牲口棚时，就不这么认为了。走到一半时，我就发现了什么。我进去的时候，它盘坐在那里，一开始我以为他们谁还没走，走近一看才发现，那是一只兀鹰。它四处看了看，一看见我就往过道那边去，它两腿叉开，翅膀外勾，一边走一边扭头看我，一会儿向左，一会儿向右，活像一个秃顶的老头儿。它走到门口，就飞了起来。空气浓浊，像是大雨漫天，它飞了好长时间，才飞进空中。

如果他们执意要去杰弗逊，我想他们已经绕过弗农山了，像麦卡勒姆一样。他骑马回来，大概后天就能到家了。这会儿，他们离城里还有十八英里。可或许这座桥也被冲走了，他才会明白这是上帝的旨意和对他的惩罚。

至于麦卡勒姆，他跟我一起做生意，断断续续也有十二年了。小时候我就认识他；我知道自己名字的时候，就知道他的名字了。可是见鬼，我却什么也说不出来。

杜威·戴尔

一个路牌出现在我们的视线中。它此刻正看着大路，因为它等得起。上面写着：纽霍普，三英里。纽霍普，三英里。纽霍普，三英里。过了路牌，大路就蜿蜒进前面的树林，等也是白等，上面说，到纽霍普还有三英里。

我听说我妈死了。我希望我有时间等她死去。我希望我有时间去希望。只是因为在这片被激怒的蛮荒之地上，一切都太快太快太快了。不是我之前不希望，也不是现在不希望，只是一切都太快太快太快了。

现在，上面也写着了。纽霍普，三英里。纽霍普，三英里。*人们所谓的时间的孕育过程，不过是骨骼扩张时的痛苦与绝望，是那硬邦邦的腰带箍住时间那被激怒的内脏。*我们走近路牌时，卡什慢慢地扭着头，他那空洞而悲伤、镇定又充满疑问的脸，随着空旷的红色路面扭动；朱尔骑着马，在后轮旁边，眼睛直勾勾地盯着前方。

土地从达尔的眼睛里蔓延出来；它们找准了位置，汇成一点。它们从我的脚下，沿着我的身体，窜到我的脸上，接着，我的裙子不见了：我赤裸着坐在凳子上，在那不慌不忙的骡子上方，在那分娩的阵痛之上。*假如我让他们掉头。他会照我的话做。你知道吗，他会照我说的做？*我曾经一觉醒来，就感觉一片漆黑在身下快速流过。可是我看不见它。我只看见瓦达曼站起来，走到窗前，拿着刀子向那条鱼捅去，鲜血瞬间迸出来，像河水一样哗哗流动，可是我却看不见。*他会照我说的做。他总是这样。我能说服他做任何事。你知道我可以的。假如我说在这儿掉头。*那还是我上次死过去的事了。*假如我说了。我们就会去纽霍普。我们就不用进城了。*我站起来，从那哗哗流血的鱼身上拔出刀子，杀了达尔。

以前我常常和瓦达曼一起睡觉有一回我做了一场噩梦我以为自己醒了可是我看不见也感觉不到我感觉不到身下的床我想不起我是谁想不起我的名字甚至想不起来我是一个女孩我连想也不会想了我甚至想不到自己想要醒来也想不起与醒来相反的东西是什么要是我知道就可以那样做了可是我只知道什么东西穿了过去我甚至想不起时间我突然知道那是什么东西了那是风在朝着我吹好像那风要把我吹向它来的地方我并没有搅动风屋子和瓦达曼已经沉睡一切又回到我的身下就像一条清凉的绸带滑过我赤裸的双腿

凉风在松林间吹拂，风声均匀而悲伤。纽霍普，是三英里。是三英里。我信仰上帝，我信仰上帝。

“我们为什么不去纽霍普，爹？”瓦达曼说，“萨姆森先生说我们要去那里，可是我们却走过了那条路。”

达尔说：“瞧呀，朱尔。”可是他并没有看我。他看着天空。那兀鹰一动不动，好像是被钉在那儿的。

我们转向了塔尔家的小路。我们经过了牲口棚，然后继续朝前走，车轮在泥浆里发出细碎的声音，我们穿过碧绿的棉田，弗农那小小的身影，在田间把着犁。我们经过时，他扬起手，站在那儿，看了我们好久。

“瞧呀，朱尔。”达尔说。朱尔坐在马背上，好像他和马儿都是木头做的，他的眼睛直勾勾地看向前方。

我信仰上帝，上帝。上帝，我信仰上帝。

塔尔

他们走过去后，我牵出骡子，挽好绳子，跟了上去。他们把马车停在桥头的土坡末端。安斯就坐在那儿，往桥的方向看，桥身已经落进河里，只能看见桥的两端。他看着桥，好像他一直都以为人们跟他说桥被水冲走是骗他的，又好像他一直希望这是真的。他看上去带着吃惊般的满意，他穿着星期天穿的裤子坐在马车里，嘴里还嘟哝着什么。看起来就像一匹没梳过毛却经过一番打扮的马——我也说不清。

那孩子看着桥身没入河中，原木漂浮在水面上，摇晃着，抖动着，好像这一切分分钟都有可能消失，他睁大了眼睛看着它，就好像在看马戏表演。那丫头也往桥上看。我走上土坡时，她转头看着我，她的眼睛在喷火，忽而又变得冷硬，好像我要碰她似的。然后，她看了看安斯，又转头看着河水。

两岸的河水都涨得有土坡那么高，周围的土地都被水淹没了，除了我们所站的地方，它像桥的舌头一样伸出桥外，又没入水中。要不是知道大路和桥以前的样子，谁也分不清哪里是河，哪里是岸。周围是一片混乱的黄色，土坡还不及刀背那么宽，我们挤在土坡上，有的坐在马车里，有的骑在马上，有的坐在骡子上。

达尔正看着我，接着卡什也转过头来看着我，他眼里的表情就像那晚为他母亲测量木板时一样，仿佛他在心里进行着测量，并不让你发表意见，即便你说了什么，他也不会做出在听的样子，虽然他并没有不听。朱尔并没有动。他就骑在马上，身子稍微向前倾，脸上的表情就像他和达尔昨天回来接她、经过房子时的表情一样。

“如果只是涨水就好了，我们就能赶车过去，”安斯说，“我们就可以对准了赶车过去。”

偶尔会有一根原木被推出水面，漂浮着，然后开始翻滚，我们看见它一路折腾到原来的浅滩。它也会慢下来，然后反向打旋，戳出水面停留一会儿，这样你就可以看出原来的浅滩在什么地方。

“可那也说明不了什么，”我说，“也有可能是一堆流沙。”我们看着原木。接着，那丫头又看着我。

“怀特菲尔德先生都过去了。”她说。

“他是骑马过去的，”我说，“再说，那是三天以前了。那以后，河水又涨了五英尺。”

“要只是涨水就好了。”安斯说。

那原木又冒出来，然后往前漂去。河里有许多垃圾和泡沫，你还能听到水声。

“可是它被淹了。”安斯说。

卡什说：“小心一点，还是可以坐在木板和原木上过去。”

“可是你就别想搬东西了，”我说，“很可能，你刚踏上去，它就沉了。你怎么看，达尔？”

他正看着我。可是他什么也没有说；只是用那惹人纷议的奇怪眼神看着我。我总说，别人议论他，倒不是因为他做了什么事或者说了什么话，而是因为他看人的眼神。从某种程度上说，他就像要钻进你的心里。好像你从他的眼睛里看到了你自己和你的所作所为。然后，我能感觉到那丫头看着我就好像我要碰她似的。她对安斯说着什么。

“……怀特菲尔德先生……”她说。

“我当着上帝的面答应过她，”安斯说，“依我看，没什么可担心的。”

可他还是没有驱赶骡子。我们就那样停在水上。又一根原木冒出来，向前漂去；我们看着它在原来的浅滩上左右折腾一阵，然后慢慢摇荡一会儿。接着，它又漂出去。

“今晚又要下雨了，”我说，“如果不走，你们又要多耽搁一天。”

这时，朱尔在马上侧过身。之前，他一点都没动过，这会儿他转过身看着我。他的脸色一阵青一阵红。“滚回去犁你的田吧，”他说，“谁他妈叫你跟着我们的？”

“我可没有坏心眼。”我说。

“闭嘴，朱尔。”卡什说。于是朱尔又看着水面，脸上一副咬牙切齿的表情，脸色一阵青一阵红。“那好，”过了一会儿，卡什说，“你想干什么？”

安斯一句话也不说。他佝着背坐在那儿，嘴里咕哝着什么。“如果只是涨水就好了，我们可以赶车过去。”他说。

“走吧。”朱尔说着赶起了马。

“等等。”卡什说。他看着被淹没的桥。我们都看着他，除了安斯和那丫头。他俩看着水面。“杜威·戴尔和瓦达曼，还有爹最好从桥上走着过去。”卡什说。

“弗农可以帮帮他们，”朱尔说，“我们还可以把他的骡子拴在我们的马车前面。”

“你别想让我的骡子下水。”我说。

这时，朱尔看着我。他的眼睛就像盘子的碎片，“用了你那该死的骡子，我会付钱给你。我现在就可以把它买下来。”

“我的骡子可不会下水。”我说。

“朱尔都用上他的马了，”达尔说，“你为什么就不能冒险用一下你的骡子呢，弗农？”

“闭嘴，达尔，”卡什说，“你和朱尔都闭嘴。”

“我可不会让我的骡子下到那水里去。”我说。

达尔

他骑在马上，瞪眼看着弗农，那张消瘦的脸上，怒气涨到甚至越过了他那暗淡僵硬的眼睛。十五岁那年的夏天，睡魔找上了他。一天早上，我去牛棚喂骡子和奶牛的时候，就听到爹回屋去叫他。我们回家吃早饭时，他从我们身边走过，提着奶桶，一路跌跌撞撞地走着，就像喝醉了酒一样，当我们给骡子套上犁，准备牵到田里去时，他还在挤奶，于是我们没有等他。我们都去了一个多小时，他还没有来。杜威·戴尔给我们送午饭来的时候，爹叫她回去找朱尔。他们回去，看见他还在牛棚里，他坐在凳子上，睡着了。

从那以后，每天早上爹都会进去把他叫起来。他在饭桌上也能睡着，而且一吃完饭就上床睡觉，我上床去的时候，他已经睡得像死人一样了。然而，爹每天早上还是得去叫他起床。爹去叫他，他倒是起来了，可却好像一大半魂儿都丢掉了似的——任凭爹怎么唠叨和抱怨，他一句话也不说，拿起奶桶就往牲口棚去。有一次，我发现他在奶牛旁边睡着了，奶桶放在地上，装了半桶牛奶，他的手从手腕以下都泡在牛奶里，他的脑袋还搭在奶牛的侧腹上。

从那以后，挤牛奶的事就交给杜威·戴尔了。爹去叫他的时候，他也还是起来，我们叫他做什么他也还是昏昏沉沉地去做。好像他已经尽力去做了一样；又好像他和大家一样都不知所以。

“你生病了吗？”妈说，“你没事吧？”

“没事，”朱尔说，“我没事。”

“他就是懒，存心跟我过不去呢。”爹说。而朱尔就站在那儿，好像站着都睡着了。“是不是？”爹又把朱尔叫醒。

“不是。”朱尔说。

“你把衣服换了，今天就待在家里吧。”妈说。

“还有一整块地没打整出来，你就不去了？”爹说，“你说你没病，那是怎么回事？”

“没什么，”朱尔说，“我没事。”

“没事？”爹说，“你这会儿站着都能睡着。”

“没有，”朱尔说，“我没事。”

“我今天想让他待在家。”妈说。

“我需要他帮忙，”爹说，“就算我们所有人都去干活，人手也不怎么够。”

“那你和卡什和达尔能干多少就干多少吧，”妈说，“我今天想让他待在家里。”

可是他不听。“我没事。”他说着跟我们一起出了门。可是，他并不是什么事也没有。大家都看见的。他在掉肉呢，一点点瘦下去，我还看见他锄着锄着就睡着了；我看着他手中的锄头一上一下，越来越慢，挥舞的弧度也越来越小，最终停下来，他则顶着火热的太阳，一动不动地靠在锄头上。

妈想去请医生，可是，不到万不得已的时候，爹舍不得花钱，而朱尔呢，除了日渐消瘦、随时随地都能睡着外，其他也没什么大碍。他吃得可真多，只是，他对着盘子也能睡着，那时他还拿着一块面包，正要送到嘴边，嘴里还在嚼动。都这样了，他还说自己没事。

是妈让杜威·戴尔去挤牛奶的，多少给她一些钱，至于朱尔在晚饭之前要做的其他事，她也想方设法让杜威·戴尔和瓦达曼做了。爹不在场的时候，她还会自己动手。那也是我第一次发现，安迪·本德伦还会遮掩她做过的事，她可是一直教导我们，欺骗罪大恶极，以至于在欺骗的世界里，无所谓好坏轻重，贫穷更不值一提。有好几次，我上床睡觉的时候，都看见她坐在朱尔的旁边，在黑暗中，朱尔则在床上睡着了。我也知道，她讨厌欺骗别人，他也讨厌朱尔，因为她爱他，所以不得不为了他去欺骗别人。

一天晚上，她身体不舒服，我去牲口棚套好马，准备赶车去塔尔家，可是，却没找着灯。我记得昨天晚上还看见它挂在钉子上的，现在已经半夜了，它却不在这儿。于是我摸着黑把马拴好，就这样出发，天刚亮，我就把塔尔太太接过来了。这时，我发现灯又挂在钉子上了，我记得它是挂在那里的，可昨晚却不在。接下来，一天早上，我看见朱尔从牲口棚后面墙上的洞里钻进来，手里提着灯。

我把这事儿告诉了卡什，卡什和我相互看了一眼。

“发情了。”卡什说。

“是吧，”我说，“可是他为什么要提着灯呢？而且每天晚上都去。难怪他会掉肉了。要不你找他说说？”

“说了也没什么好处。”卡什说。

“可他这样做也没什么好处啊。”

“我知道。可要他自己明白才行。我们就省省，给他点时间，让他自己去发现，将来的路还长，他会没事的。我谁也不会说的。”

“没错，”我说，“我已经叫杜威·戴尔别说出去了。不管怎么样，都别告诉妈。”

“嗯，不告诉妈。”

自那以后，我发现这事儿很搞笑：他整天一副迷迷糊糊、昏昏欲睡的样子，好像做什么都心甘情愿似的，瘦得像根竹竿，还以为自己干得多好。我就是在想那个女孩是谁。我把有可能的人都想了个遍，仍然没个结果。

“或许不是女孩，”卡什说，“是哪里的已婚女人呢。年轻女孩可没那么大胆子，也没耐性。这正是我不喜欢的地方。”

“为什么？”我说，“对他来说，已婚女人可比年轻女孩安全，她们更能拿主意。”

他看着我，眼光飘忽不定，他说的话也零零散散：“对于世界上安全的东西，人们往往——”

“你是说，安全的东西往往并不是最好的？”

“是啊，最好的，”他说着眼神又开始飘忽不定，“那不是最好的事，对于他那么一个年轻的小子来说，好的事……人总是讨厌看到……陷入别人的泥潭……”那就是他想说的。当出现某些新鲜耀眼的事物时，它所处的状态，就不应该仅仅是安全而已，因为安全的事，人们已经做了这么久，可是，那些老掉牙的行为，却无法让人称之为空前绝后。

所以，我们并没有说出去，哪怕过了一会儿后，他突然就出现在我们旁边的田里，开始干活，连回家的时间都没有，也不装出整晚都在的样子。他还要跟妈说他早上不饿，或是去牵牲口时已经吃过一块面包了。可是，我和卡什都知道，那些晚上，他根本就不在，而且我们到田里时，他就会从林子里出来。可是，我们并没有说出去。等到夏天差不多快完了；我们知道，夜开始凉了，她撑得住才怪哩。

可是，秋天到来，夜开始变长时，唯一的不同就是，他总是在床上等着爹去叫他，然后在最初那种半愚蠢的状态下起床来，和最开始一样，而且状态比熬夜还糟糕。

“她可真能撑，”我对卡什说，“以前我还只是佩服她，可现在我是佩服得五体投地。”

“不是女的。”他说。

“你知道啊。”我说。而他则看着我。“那是什么？”

“我正要去探一探。”他说。

“你要是愿意，就整晚跟着他到林子里去呗，”我说，“我可不去。”

“我才不是跟踪他。”他说。

“那你怎么办？”

“我不是要跟踪他，”他说，“不是那个意思。”

在那之后，又过了几个晚上，一天，我听到朱尔起床，爬到窗子边，接着卡什也起来，跟着他。第二天，我走到牲口棚时，卡什已经在那里了，他已经喂了骡子，在帮杜威·戴尔挤奶。我看到他的时候，就明白他已经知道了。我时不时发现他用奇怪的眼神看着朱尔，好像他知道朱尔去了哪里、干了什么，让他不能理解似的。不过，他的表情并不是担忧；他在家里干着朱尔的活，可是爹却以为是朱尔在干，而妈则以为是杜威·戴尔在干时，他也是这样的表情。于是，我什么也没问，我相信等他心里想通了，就会告诉我。可是他却一直没有告诉我。

一天早上——当时已是十一月，从一开始已经有五个月了——朱尔没在床上，也没有和我们一起去田里。那也是妈第一次觉察到不对劲。于是她叫瓦达曼去找朱尔，过了一会儿，她也去找。好像，任凭欺骗行为这样悄无声息地进行，我们所有人要么是不知不觉被欺骗，要么就是由于怯懦，因为所有人都是胆小鬼，他们从本质上都宁愿被欺骗，因为欺骗本身有一个温柔的外表。可是如今好像我们所有人——面对害怕时有一种心有灵犀——像掀被子一样将这一切揭开来，而我们都赤裸着站在那里，相互对看着，说：“这就是真相。他没有回家。他肯定是出了什么事。我们没看好他，让他出事了。”

过了一会儿，我们看见他了。他骑着马从水沟那边过来，一转身穿过田野。它的鬃毛和尾巴随之摆动，好像这一摇一摆是在炫耀身上的花斑；他看上去就像架在一个巨大的纸风车上，马背上也没有马鞍，他只拿了一根绳子充当缰绳，头上也没戴帽子。那是弗雷姆·斯诺普斯于二十五年前从得克萨斯带回来的矮种马的后代，他当时以两美元一头的价格卖出，如今只有老朗·奎科将那马带回了家，现在还留有一些血统，因为他不得转手。

他策马飞驰而来，在我们面前刹住，他的脚跟搭在马肋上，那马跳动着，打着转，好像它的鬃毛和尾巴，以及身上的花斑都与它体内的骨肉无关，而他只是站在那儿，看着我们。

“你从哪儿得来的那匹马？”爹说。

“买的，”朱尔说，“从奎科那里买来的。”

“买来的？”爹说，“用什么买的？以我的名义赊来的吗？”

“是我的钱，”朱尔说，“我自己赚的。你不用担心。”

“朱尔，”妈说，“朱尔。”

“没错，”卡什说，“是他自己赚的钱。他把奎科于去春划出来的四十亩新地打整出来了。他晚上一个人打着灯干完的。所以，我知道那匹马没花任何人一分钱，全都是朱尔一手得来的。我想我们用不着担心。”

“朱尔，”妈说，“朱尔——”接着她又说：“你回家去睡会儿觉。”

“先不忙，”朱尔说，“我来不及了。我还要去找马鞍和缰绳。奎科先生说他——”

“朱尔，”妈看着他说，“我要给……给……给……”接着她开始哭。她哭得很伤心，也不遮住脸，就站在那儿，穿一身褪色的外衣，看着他。他则骑在马上，俯看着她，他的脸色渐渐变得冷漠，看上去略呈病态，他突然迅速别开脸，这时卡什走过来，伸手碰了碰她。

“你回家去吧，”卡什说，“这田里太湿了，不适合你待。你快回去。”她把双手放在脸上，跟着犁田的痕迹，一路摇摇晃晃地往回走。可是很快，她又打直了身子，朝前走去。她并没有回头看，走到水沟那里时，她停下来，叫着瓦达曼的名字。那时，他正看着马，好像在跟着马的节奏跳上跳下。

“让我骑一下，朱尔。”他说，“让我骑一下，朱尔。”

朱尔看着他，然后又移开了视线，还一边把缰绳往后拉。爹看着他，嘴里嘀咕着什么。

“这么说，你买了一匹马，”他说，“你背着我买了一匹马。你从来没跟我商量过；你明知道我们人手有多紧，还要买匹马来让我喂。你付出血汗，就为了买一匹马。”

朱尔看着爹，他的脸比任何时候都要苍白。“它绝不会吃你一口东西，”他说，“一口都不会吃。它要吃，我会先杀了它。你就别担心了。根本不用担心。”

“让我骑一下，朱尔。”瓦达曼说，“让我骑一下，朱尔。”他的声音就像草丛里的一只小蛐蛐儿，一只小小的蛐蛐儿。“让我骑一下，朱尔。”

那晚，我发现妈坐在他的旁边，在黑暗中，而他，在床上睡着。她哭得很伤心，也许是因为她只能这样无声地哭泣；也许，她此刻的感受，就像自己骗了人那样，她讨厌骗人，也讨厌他，因为她不得不为了他骗人。接下来我就知道了我所知道的事情。就像在那个一样平常的日子，我知道了杜威·戴尔的事情一样。

塔尔

他们最后还是让安斯说出了他的想法，他和那丫头，和那孩子也走下了马车。可是，我已经在桥上时，安斯还不住地往回看，好像他以为自己一旦走下马车，所有的事就会爆发，他发现自己又在那边的土地上了，而她也还躺在屋里，等着死去，一切又会重新来过。

“你该让他们用你的骡子。”他说。而此时，在我们脚下摇摇晃晃的桥，没入那骚动的河水里，好像直接穿过了地球的另一端，而桥的这一端则从水中伸出去，好像它们根本就不是同一座桥，而他们从没入水中的那一端走上来，就像是从地底走来。但它们却是一个整体；你判断的依据是，当这一端摇晃的时候，另一端却丝毫不动：就像其他的树和对面的堤岸慢慢地前后荡动，像一个大钟的钟摆。那些原木在沉没的那一段星星点点、跌跌撞撞，一头翘起，直接冲出水面，然后朝浅滩翻滚去，等待着、灵巧地旋转着，起了泡沫。

“那样做有什么用呢？”我说，“要是你的马不能找到浅滩，奔过去，三头骡子，哪怕是十头骡子又有什么用呢？”

“我不是要你这样做，”他说，“我一直都能照顾好自己和家人。我不是要让你的骡子去冒险。又不是你家死了人，我也没有怪你。”

“他们应该返回去，等一下，明天再走。”我说。河水冰凉冰凉的。水流之大，就像融化的碎冰。只是，看起来就像有生命一般。你心里的一部分知道那不过就是水，就是那长期以来从这座桥下流过的东西，可是，当那些原木喷上水面，你也不觉惊讶，好像它们也是水的一部分，等待着，威胁着。

好像令我感到惊讶的，反而是我们能走出水面，再次踏上坚实的土地。好像我们没料到桥会通向对岸，会通向我们以前涉足且熟知的，那如坚实大地一般温顺的东西。好像站在这儿的并不是我，因为我不会笨到去做刚才做的事。当我回头看对岸时，我看到我的骡子站在我之前站立的地方，我想我得想方设法再过去一趟，但我知道那不可能，因为我想不起有什么能让我再次走过那座桥。然而，我站在这儿，而那个能让自己两次走过那座桥的人不是我，即便是科拉的命令，也没有用。

那个男孩。我说“这儿，你最好抓紧我的手”。于是，他等了一会儿，抓住了我的手。好像他是专程回来接我的，不是这样才怪；好像他在说，什么也不能伤害你。好像他在说着一个好地方，在那里，一年有两个圣诞节，从感恩节一直过到冬天，再到春天，再到夏天，好像只要我和他待在一起，就什么事也没有似的。

当我回头看我的骡子时，它就好像一副小望远镜，我看到它站在那儿，就好像看到那一整片广阔的土地和我挥汗如雨建起的房子，仿佛流的汗水越多，那片土地就越广阔；流的汗越多，房子就越牢固，因为牢固的房子才能留住科拉，留住科拉，就好像在泉水里放一壶牛奶：你要么有一个牢固的壶，要么有一口水源充沛的泉，所以，你既有了一个大的泉眼，为什么还想要一个牢固而精美的壶呢，因为那就是你的牛奶，不管它是否发酸，因为你宁愿要会发酸的牛奶，也不愿要不会发酸的牛奶，因为你是一个男人。

他就抓着我的手，他的手炙热而沉着，因此我很想说：看这儿。你看见那边的骡子了吗？它到这儿也没什么用，所以它没有过来，倒不是因为它只是一只骡子。因为一个人时不时会发现，小孩子比他们更有领悟力，可是，直到他们长胡子之前，他都不会向他们承认这点。他们长出胡子后，就变得很忙，因为他们不知道自己是否还能回到长胡子之前那个有领悟力的时候，于是你也不在乎向人们承认，你自己正在担心着一些不值得担心的东西。

接下来，我们过了河，我们就站在那儿，看着卡什掉转马车。我们看着他们沿路往回走去，眼看他们就要转到路的尽头。过了一会儿，马车看不见了。

“我们最好下到浅滩那里，准备帮他们一把。”我说。

“我答应过她的，”安斯说，“那是神圣的诺言。我知道你不愿意，可是，她在天上会保佑你的。”

“在转弯，”他说，“转弯的时候可碰不上什么好运气。”

他就站在那儿，佝着背，嘴里嘟哝着什么，他看着摇晃的桥面之外那空旷的道路。那丫头也站在那里，一只手挎着午饭篮子，一只手挎着包裹。是要进城了。一定要去。他们跋山涉水、赴汤蹈火，只为了吃一麻袋香蕉。“你应该多留一天再走，”我说，“到明天早上，河水会消退一些。今晚不会下雨，河水也不会再涨高。”

“我答应过她的，”他说，“她可是盼着呢。”

达尔

我们的面前，浊流滚滚。汩汩之声，仿佛在往上与我们对话，那声音永无休止、千变万化，黄色水面向下凹陷，形成颜色稍浅的巨大旋涡，那旋涡在水面转流一阵，悄无声息、短暂而意味深远，好像这表面之下有什么庞然大物从慵懒而又警觉的轻睡中苏醒片刻，后又睡去。

河水在辐条之间、在骡子的膝盖上下汩汩有声，黄色的水面泛起浮渣，还有大团夹杂着泥土的泡沫，好像被驱赶的马儿在出汗。河水流过矮树丛，发出阵阵哀怨声，那是沉思的声音；从缠绕中松开的藤条和树苗斜立在水中，仿佛一阵微风吹过，它们便左右摇摆，却没有倒影，好像是从头顶的树枝上，通过看不见的线，攀爬而下。它们立在那无边无际的水面上——树、藤茎、藤蔓——它们与土地分离，无根可依，像鬼魅一般，漂荡在极大而又有限的凄凉之上，是河水那荒芜而凄切的声音营造了这番凄凉的意境。

卡什和我坐在马车里。朱尔骑在马上，在马车的后轮旁边。马儿在发抖，它的眼睛转得飞快，那红色的长脸也变成了浅蓝色，它喘着气呼吸，像是在呻吟。他挺直背坐在那里，一动不动，看上去安静又沉着。接着，他左看看右看看，表情镇定而警觉，脸色略显苍白。卡什的脸色也是严肃而镇定。他和我相互久久地看一眼，像是在探寻着什么，我们的眼神直入对方眼帘，并通过它们穿到一个终极密地，片刻之间，卡什和达尔就明目张胆、满不在乎地蹲在了那里，周围弥漫着原先的恐惧和对不祥之兆的预知，他们警觉、神秘，而且不知羞愧。我们开口说话，可是却没有声音，我们的声音都被散去了。

“我们还没走到尽头，是吧？”

“塔尔砍倒了那两棵白橡树。我听说以前涨大水的时候，他们就用这白橡树来判断浅滩的位置。”

“我想他是两年前在这儿将它们砍倒的。我想他是以为再没有人会从这浅滩过河了。”

“我想也是。没错，就是那个时候。他从这里砍了木材，我还听说他用卖的钱还清了抵押债呢。”

“就是，就是，我也是这么想的。而且我觉得弗农也干过。”

“没错。在这里砍树的人，大多数都是需要一个得力的农场来支撑起锯木厂。或者是一个店铺。我觉得弗农肯定干过。”

“我想也是。他可是有的看。”

“唉。弗农是有的看。对，路肯定还在这儿。他要是没把那条老路打整好，是不可能把木材运出去的。我想我们还在那条路上。”他安静地四处看了看，看着树的位置，这边偏一下，又偏向那边，他沿着那条没有面的路往回看，只能凭借被砍倒的树的位置，在水面以上，依稀划出路的轮廓，好像这条路也脱离了地面，泡在水中，又浮出水面，要在那鬼魅般的景象中留下遗迹，以营造比我们所站的地方更加凄凉的意境，我们则站在这里谈论着昔日的安全问题和大小琐事。朱尔看看他，然后又看看我，他脸上的表情转为安静的询问，因为当前的情形让他手足无措，与此同时，那匹马在他的两腿下安静地发抖。

“他应该慢慢朝前面走，凭感觉，把路找出来。”

“是啊。”卡什也不看我，应声道。他朝前看着朱尔一点点向前移动，我只能看到他的侧脸。

“他不会分不清河与路的，”我说，“只要他往前看五十码，就能分清。”

卡什并不看我，只留下一个侧脸。“要是我早料到，上周就会到这儿看看了。”

“那时桥还在。”我说。他也不看我。“怀特菲尔德那时还骑马过去了。”

朱尔又看了看我们，他的表情冷峻、警觉而又顺从。他的声音很平静，他说：“你们说我该怎么做呢？”

“我上个星期真应该来看看。”卡什说。

“那时我们也不知道啊，”我说，“再说，我们也没法知道。”

“我骑马走在前面，”朱尔说，“你跟着我走就是了。”他说着扯起马儿。马儿往后缩了一下，弓着身；他往马儿身上靠，对它说了些什么，几乎是用自己的身体又将它提起，它则小心翼翼地踏进水里，水花轻溅，它全身打战，呼吸困难。他对它小声说着什么。“走啊，”他说，“我不会让你受到伤害的。快走。”

“朱尔。”卡什说。朱尔并没有回头看。他又提着马往前走。

“他会游泳。”我说，“要是他给那匹马一点时间，不管怎么说……”他刚出生后的那一段日子并不好过。当年，妈坐在灯光中，在膝盖上放一个枕头，就把他搁在枕头上。我们醒来后，就会看到这样的场景。他们没有发出任何声音。

“枕头比他还要长。”卡什说。他身子稍微向前倾。“我上个星期该下来看看的，我该来的。”

“没错，”我说，“那时，他的头和脚都够不到枕头边。你又怎么会知道要涨水呢。”我说。

“我该来看看的。”他说着拉起缰绳。接下来，骡子开始动了，它们跟着朱尔走过的痕迹走；车轮碾过河水，发出活泼的吱呀声。他回头往下看着安迪。“没放稳。”他说。

最后，树丛打开了；朱尔骑着马走在开阔的河面上，我们可以看见他的半个身子，马儿的肚子还没在水中。我们看到弗农、爹、瓦达曼和杜威·戴尔在河的对岸。弗农在等着我们，他站在水流中向我们招手。

“我们这里的水太深了。”卡什说。弗农还在那边喊，可是水声太大，我们听不清他在喊什么。到这里，水流很深，也很平稳，它并不间断，也不给人流动的感觉，直到一根原木漂过来，慢慢地转动，我们才知道它在流动。“看。”卡什说。于是我们看着它摇摇晃晃，然后悬停一会儿，水流在它后面堆起一波大浪，将它淹没，过了一会儿，那原木又冲出水面，然后摇摇晃晃往前漂去。

“就是这儿了。”我说。

“唉，”卡什说，“就是这儿。”我们又看向弗农。此刻，他正上下摇摆着手臂。于是我们走下水去，走得又慢又小心，还一边看着弗农。他把手放了下来。“就是这里了。”卡什说。

“好了，他妈的，我们快过河吧。”朱尔说着赶起了马儿。

“你等等。”卡什说。于是朱尔又停了下来。

“那，是上帝——”他说。卡什看了看水面，然后回头看看安迪。“没放稳。”他说。

“那就返回那该死的桥上，再走过去，”朱尔说，“你和达尔都返回去。让我来拉马车。”

卡什并不理会他。“棺材没放稳。”他说，“好的，哥们儿，我们看着点它。”

“看着点，天哪，”朱尔说，“你下车，让我来。天哪，要是你害怕把它弄翻的话……”他眼睛苍白，脸上就像镶了两块褪色的碎片。卡什正看着他。

“我们会过去的，”他说，“你按我说的做。你把车赶回去，走着过桥，到了那一头，再拿绳子过来接应我们。弗农会把你的马带回家，照看好，等着我们回来。”

“去你的吧。”朱尔说。

“你拿着绳子，到岸边做好准备，”卡什说，“两个人也不比三个人差——一个赶车，一个扶稳。”

“去你的。”朱尔说。

“让朱尔抓紧绳子的一头，将我们拉到上游。”我说，“怎么样，朱尔？”

朱尔看着我，他眼神冷酷。接着，他迅速看了卡什一眼，又看着我，他的眼神警觉而冷酷。“我倒是没什么。只要我们能做点什么。总比坐在这儿，他妈的连手都不能抬一下……”

“那就这样吧，卡什。”我说。

“我看就这样。”卡什说。

河面本身还不足一百码宽，那寂寥的荒凉以一种可怕的姿势从右偏左斜立着，好像我们到达了某个地方，在那里，荒凉的世界在最终掉进悬崖之前加快了速度，我们视线所到之处，只有爹、弗农、瓦达曼和杜威·戴尔不在这景象之内。可是，他们变得越来越小。好像我们之间的距离是时间，是不能改变的东西。又好像时间并不是在我们面前呈直线逐渐缩短，而是像一根被解开的绳子，与我们并行，于是距离就变成了绳子延伸的长度，而不是我们之间的空隙。两只骡子立在水里，它们的前蹄已经直不起来，臀部高翘着。它们的呼吸此刻已变成深沉的吟叫；它们一度回过头来，视线扫过我们时，眼里带着一种狂乱又悲伤、绝望而意味深长的神情，好像它们已经在那浓浊的水里看到了灾难的影子，可是它们不能开口，而我们却看不见。

卡什掉头回到马车里。他把手平放在安迪身上，轻轻摇了摇她。他平静的脸向下耷拉着，心里掂量着什么，一副忧心忡忡的样子。他举起他的工具箱，往前推，把它挤进座位下；然后我们一起推安迪，把她推到工具箱和车座之间。接着，他看着我。

“不行，”我说，“我看我还是留下吧。没准要两个人才行。”

他从工具箱中拿出一圈绳索，在座位的支柱上缠了两圈，却没有打结，而是把绳子的一头交给我。然后，他把另一头给朱尔，朱尔就在鞍角上绕了一圈。

他必须把马儿逼进水里。马儿挪动着，腿高高抬起，弓着颈子，一副不耐烦又恼怒的样子。朱尔骑在马背上，身子稍微前倾，膝盖轻轻抬起；他那敏锐、警觉，又平静的目光再次扫过我们，然后看向别处。他让马下了水，低声说着什么，似在安慰它。不料马儿打了滑，水没到了马鞍处，它又奋力站起来，水流冲击着朱尔的大腿。

"你自己小心。"卡什说。

"我找到路了，"朱尔说，"你可以走前面去了。"

于是卡什抓起缰绳，小心又熟练地把牲口赶下水。

我感到水流在带着我们走，于是我知道我们已经在浅滩上了，只有通过这样打着滑与浅滩接触，我们才能判断自己是在动。原先平展的地面，如今已成为一连串丘谷，在我们脚下起起落落，推撞着我们，嘲弄着我们——它只是轻微而慵懒地触碰我们，我们脚下片刻的稳固也如虚如幻。卡什回头看我，那时我就知道我们完蛋了。可直到我看见原木，才明白绳子的用途。那原木冲出水面，停留片刻，像基督那样立于这凄凉之上。[1]下车，让水流把你带到河湾处，卡什说，你没问题的。不，我说，那样一来，我也会像这样浑身弄湿的。

原木突然出现在两个波谷之间，好像突然从水底喷发出来。原木的末端有一长堆泡沫，就像老人或者山羊的胡子。卡什和我说话时，我知道他一直都在看着，看着它，看着我们前面十英尺远的朱尔。"放开绳子。"他说。他的另一只手往下摸，解开缠在座架上的绳子。"骑过去，朱尔，"他说，"看看能不能拉着我们绕过原木。"

朱尔朝着马大喊；他又一次使劲将马拉起。他刚好在浅滩的最高

【1】基督曾在海面上行走。——译者注

处，马儿机械地往前移动，半个身子露在水面上，闪着湿漉漉的光泽，它不停地向前蹿着，动作之快令人难以想象；这下子，朱尔最后发现绳子松开了，因为我看见他一点一点将绳子往回收，他歪着头，原木一头翘起，远远地冲过来，压在骡子的身上。他们也看见了；有一瞬间，它们也还冒出了水面，发出黑油油的光泽。接着，下边那只骡子不见了，并且将另外一只一起拖下水；马车横着过来，在浅滩的高处停稳，这时，原木撞了它一下，它便又斜着往前漂去。卡什转过半身，缰绳在他手上绷得紧紧的，可又突然消失在水里，他的另一只手往后伸向安迪，按住她，并把她往马车高出水面的那边推。“跳下去，”他平静地说，“离骡子远一点，别逆水。水流会把你荡到河湾处的。”

“你也下来。”我说。这时，弗农和瓦达曼正沿着河岸跑，爹和杜威·戴尔则站在那儿，看着我们，杜威·戴尔手臂上一边挎着篮子，一边挎着包裹。朱尔试着将马赶回去。突然，一只骡子的头露出了水面，眼睛大睁着。它回头看了我们一眼，发出一种类人的声音。不一会儿，它的头又不见了。

“回来，朱尔。”卡什喊道，“回来，朱尔。”过了一会儿，我看见他靠在倾斜的马车上，他的手往后护着安迪和他的工具；我看到那仿佛长了胡子的原木的那一头再次撞了上来，这时，朱尔还在后面拉起马，他四处扭着头，还一边用拳头捶马儿的头。我从马车上跳下来，往下游那边跳去。我又一次在一个波谷中看到那两头骡子。它们不断冒出水面，整个身体翻转过来，它们的腿离丌了大地，僵直地伸着。

瓦达曼

卡什用尽了全身力气可她还是落进了水里，卡什号叫着抓住她我也一边跑一边叫一边叫一边跑杜威·戴尔则冲着我喊瓦达曼瓦达曼瓦达曼弗农超过了我因为他看见她浮了起来可是她又钻进水里达尔也没能抓住她

他钻出水面想看看怎么回事于是我冲着他喊达尔抓住她达尔抓住她因为她在水里比男人还跑得快达尔不得不趴下来伸手去摸她所以我知道他能抓住她因为他是摸鱼的高手就算骡子挡在中间而且它们又一次冒出水面腿叉开并且僵直地伸着然后又沉下去这会儿它们的背也露了出来达尔也不得不再试一次因为她在水中比男人和女人跑得都快然后我超过了弗农他是不会下水帮达尔的他不会和达尔一起去抓她他知道可他不会帮忙

这时骡子又冒了出来它们的腿僵直地伸着它们那僵直的腿一上一下然后达尔也一会儿冒出来一会儿钻进去我还在喊达尔抓住她抓住她再把她领到岸上达尔和弗农不会来帮忙达尔绕过了骡子他在水里抓住了她把她往岸边带可是他们走得很慢因为她在水里不肯出来可是达尔力气大所以她也慢慢跟着过来于是我知道他抓住了她因为他走得很慢于是我下到水里帮忙我不停地喊着因为达尔力气大而且在水里稳稳地抓着她即便她再怎么挣扎他也不会放开她他看见我了他会抓住她的终于没事了终于没事了终于没事了

接着他钻出了水面。他慢吞吞地游了过来可是他背过去的手还没露出水面可是他会抓住她的所以我还能接受。接着他的手也露了出来然后他整个身子都露出了水面。我停不下来。我来不及停下。如果能停下来我就会停的可是他露出水面的手却是空的连手上的水都流走了。

“妈呢，达尔？”我说，“你没有抓住她吗？你知道她是一条鱼可你还是让她溜走了。你没有抓住她。达尔。达尔。达尔。”我开始沿着河边跑，一边跑一边看着骡子慢慢冒出水面，然后又沉下去。

塔尔

我向科拉描述着当时的场景：达尔跳下马车，留下卡什坐在里面守着，可是马车突然翻了，这边，朱尔都快走到岸边了，还在将马儿往回赶，但那匹马倒是聪明，它偏不回去。这时，她说：“你也和其他人一样认为达尔很古怪，说他不聪明，可他却是那里面唯一一个足够聪明跳下车的。我发现安斯才精明，他连坐都不坐上去。”

“就算他在里面，也起不了什么作用，”我说，“他们一开始蛮顺利的，要不是那根原木，他们会过去的。”

“原木，才怪呢，”科拉说，“那是上帝的手。”

“那你怎么说他们笨呢？”我说，“没人能抵抗上帝之手。那可是亵渎神灵。”

“那他们又怎么敢呢？”科拉说，“你倒是说说。”

“安斯没有，”我说，“你不就是为了这一点骂他吗。”

“他就该待在那儿，”科拉说，“他要是个男人，就该待在那儿，而不是让他的儿子做他都不愿意做的事。”

“那我就不知道你是什么意思了，”我说，“你一会儿说他们过河是在与上帝之手作对，一会儿又骂安斯，说他不和他们待在一起。”接下来，她又开始唱诗了，一边唱一边在洗衣盆边干活，她唱歌的表情，就好像自己已经超越了人们，以及他们的一切蠢行，好像自己正唱着歌升向天堂。

马车停留了好一阵，水流往车后激荡，将它推下浅滩，卡什的身体越来越斜，他使劲撑起棺材，不让它滑下去，以免马车打翻。等到马车彻底翻转，水流自己就可以收拾它，原木就只好漂走了。它围着马车绕了一圈，然后漂走，就像游泳的人那样娴熟。就好像有人派它来完成一项任务，它完成后就走了。

那两头骡子最终踢开挡着它们的东西，这时，有那么一分钟，好像卡什能救回棺材似的。好像他和棺材都一动不动，只有朱尔在将马儿往马车那里赶。接着，那孩子超过了我，他一边跑一边冲着达尔叫，而那丫头试图抓住他，然后我看到那两头骡子慢慢冒出水面，它们像是被掀翻一样，两腿叉开并且僵直地伸着，接着又一起一落淹进水里。

然后马车就翻了，然后马车、朱尔、马都搅在了一起。卡什还撑着棺材，却忽然不见了，接着我就什么也看不清楚了，因为马儿在扑腾、在踏水。我想卡什大概没能守住棺材，正游过去抓它呢，我还一边朝着朱尔大喊，叫他快回来，接着，他和马都沉进水里了，那时我以为他们全都被冲走了。我知道那匹马也被拖下了浅滩，那匹野蛮的、溺水的马和那辆马车，还有那滑掉的棺材，情况糟透了，而我就站在那儿，膝盖跪在水里，朝着我身后的安斯吼道："看看你们都干了什么？看看你们都干了什么？"

那匹马又冒了出来。它昂着头，此刻正往岸边移动，这时，我看见他们中有一个抓住了下游那边的马鞍，于是我开始沿着岸边跑，想找到卡什，因为他不会游泳，我一边跑还一边朝朱尔大叫，卡什在哪里，像个傻瓜一样，傻得就像下边岸上的那个孩子，他也边跑边朝着达尔大叫。

于是我下到水里，这样一来我还能多少抓住点泥浆，这时，我看见了朱尔。他身子已经被淹了一半，于是我知道，不管怎么说他已经在浅滩上了，他斜着身子拼命往上蹭，然后我看到了绳子，接下来，我就看到他把马车稳在浅滩下，河水正往那里聚集。

这么看起来，是卡什抓住了马，马儿正踏着水往岸上爬，还像人一样呻吟着。我走近时，它正在将卡什抓着马鞍的手踢开。然后，卡什又滑进水里，他滑下的时候，脸上扬了一下。他的脸灰白灰白的，眼睛闭着，一道长长的泥迹横在他的脸上。接着他放开了手，翻进水里。他看上去就像一堆旧衣服，一进一退地往岸边靠。又好像脸朝下躺在那里，上下荡动，还一边看着水底的什么东西。

我们看到绳子落进水里，还能感受到马车的重量懒懒地撞过来，乐悠悠的感觉，那落进水里的绳子就像生硬的铁棒。我们仿佛还能听到它冒出嘶嘶声，就像被烧红了。好像它笔直地插进水底，而我们握着它的另一头，马车懒懒地进退，推撞着我们，好像它专程绕过来，躲在我们身后，懒懒的样子，就像这决定做得多么愉快似的。突然，一只小猪从旁边漂过，像气球一样鼓鼓的——那是朗·奎科养的斑点猪。它碰在绳子上，像一根铁棒，然后弹开，继续向前漂去，我们就这样看着绳子斜斜地落进水中。就这样看着。

达尔

卡什躺在地上，头下垫着裹起的衣物。他的眼睛闭着，脸色灰白，头发粘在一起，顺溜溜地横搭在额前，好像是用油漆刷刷上去的。他的脸有些下凹，从那瘦瘠的眼眶到鼻子，再到牙龈都凹了下去，好像被水打湿后，紧致的皮肤变得松弛了；此外，他那嵌在发白牙龈上的牙齿微微分开，像是在微笑。他穿着湿衣服躺在那里，瘦得像根竹竿，他一阵轻微的呕吐，吐在了脑袋旁，他来不及转开头，于是一道黏液从嘴角流到脸颊，杜威·戴尔就用裙摆帮他擦干净。

这时，朱尔走了过来。他手里拿着刨子。“弗农刚刚找到了直角尺。”他说。然后他看着卡什，身上还在滴水，“他还没有开口说话吗？”

“他当时拿着他的锯子、锤子、线斗和尺子，”我说，“我就知道这些。”

于是朱尔放下直角尺。爹看着他。“它们也没被冲走多远，”爹说，“都是在一起的。还有谁比我更倒霉呢。”

朱尔并没有看爹。“你最好把瓦达曼叫回来。”他说。他看着卡什，然后转过身走开了。“尽快让他开口说话，”他说，“也好让我们知道其他东西在哪儿。”

我们又回到河边。马车已经停稳了，车轮卡在洪水边上（我们都来帮忙了：大家都很卖力；就好像我们熟悉的、那破烂又迟钝的马车还余留着某种力量，某种一触即发的潜在力量，也正是这股力量杀死了一个小时前还拖着马车的两头骡子）。棺材卧在车厢深处，长长的木板已经打湿，却还是黄灿灿的，但是，已不如之前那般晃眼，就像透过水看金子，只是上面还有两道长长的污迹。我们从马车旁经过，继续朝岸边走去。

绳子的一头紧紧地拴在一棵树上。河水最浅处也没及膝盖，瓦达曼就站在浅水里，他的身子稍微前倾，他全神贯注地看着弗农。这时，他已经不再叫了，而他的腋窝以下都已经湿透。弗农在绳子的另一端，他的胳膊都没进了水里，他正回头看着瓦达曼。“再退回去一点，”他说，“你退到树那里去，给我抓住绳子，别让它滑掉。”

于是瓦达曼顺着绳子退回去，退到树下，他一边看着弗农，一边呆呆地往后退。当我们走上去时，他又一次看了看我们，他那圆圆的眼睛里装着一副茫然的神情。接着，他又全神贯注地看着弗农。

“我捞到锤子了，”弗农说，“按理说我们应该能找到线斗的，它应该会浮起来才对。”

“直接漂走了还差不多，”朱尔说，“它是找不到了。不过，锯子应该能找到。”

“我想也是。”弗农说。他朝水里看去，“还有线斗。他当时还拿了什么东西？”

“他还没开口说话呢。”朱尔说完就顺着绳子钻进水里。绳子在我手里很活跃，它呈拉长的弧形微微拱起，还会产生共振。弗农正看着我。

“你最好走开，”他说，“最好到那边去。”

“趁它们还没被冲走，看看我们能找到些什么吧。”我说。

我们抓住绳子，水流在我们肩膀上打转。可是在这温柔的假象之下，它真正的力量正懒懒地向我们拍打而来。我没想到七月的河水会是这般冰冷。好像许多只手正戳着我们的每一根骨头。

“你看绳子能承受我们这么多人吗？”他说。我们也回过头，眼睛盯着那生硬的绳条，看着它从河里升到树干上，瓦达曼在它的旁边微微蹲下，看着我们。“希望我的那两头骡子不会自己跑回家去。”弗农说。

“走吧，”朱尔说，“我们先离开这儿。”

接着，我们手攀着绳子，一个接一个手拉手沉入水中，此时，冰冷的水墙在我们脚下，将倾斜的泥浆往后、往上游吸，这样一来，我们就如同悬浮在水中，还一边沿着冰冷的水底摸索。就连泥浆也不可靠。它带着消沉与冷漠的气息，好像我们脚下的大地也在动似的。我们相互触碰，甚至胡乱摸索着对方伸开的手臂，并借着绳子小心翼翼地走着；或者，反过来，依次站起来，看着河水卷进翻出，而另外两个人还在水下摸索。这时，爹也到岸边来了，他看着我们。

弗农上来了，他身上滴着水，还一边噘起嘴往上吐气，使得脸也凹下来。他的嘴唇呈浅蓝色，像一圈风化的橡胶。他手里拿着尺子。

“他知道了会很高兴的，”我说，“那还是新的呢。是他上个月刚从商店里买来的。”

“要是我们能确定还有别的什么该多好，”弗农说着扭过头，然后把脸别向朱尔消失的地方，“他是比我先下去的吗？”

“不知道，”我说，“我想是吧，是的，是的，他比你先下去。”

我们看着那旋转的水面，河水慢慢转着涡离我们远去。

“用绳子拉他一下。”弗农说。

“他在你那边。”我说。

“可是我这边没人哪。”他说。

“那就把绳子收过来。”可是他已经收起来了，已经把绳子的一头拉出了水面；接下来，我们看见了朱尔。他在十码外；他吹着气游上来了，他看着我们，脑袋猛然一甩，把长头发甩到身后，接着，他看向岸边；我们看到他的肺已经胀饱了。

“朱尔。”弗农叫道。他的声音并不大，可在水里却饱满又清晰，专横而又婉转。“那些东西会冲到这儿来的，你最好还是回来。”

于是朱尔又潜下水去了。我们就站在那儿，身体抵挡着水流，看着他消失进水里，我们俩则紧紧抓住那死死的绳子，像抓住灭火水龙带的喷嘴一样，等着水喷出来。突然，杜威·戴尔出现在我们身后的水中。“你让他回来，”她说，“朱尔！”他又冒出来了，把遮住眼睛的头发往后甩。他此刻正游向岸边，水流从斜后方将他往下游冲。“你，朱尔！”杜威·戴尔喊道。我们就站在那里，抓着绳子，看他找到岸，爬上来。他从水里上来的时候，弯下腰捡起了什么东西。他沿着河岸上来。他找到了线斗。他站在我们对面，看样子是在找什么东西。爹走下河岸，他又要回去看那两头骡子，它们那圆鼓鼓的身子浮在水面上，在河湾处，水流平缓的地方相互摩擦着。

“你拿锤子做什么，弗农？”朱尔问。

“我给他了。”弗农说着把脑袋偏向瓦达曼。瓦达曼又看着爹。然后他看着朱尔。

“你离开这儿。”我说。她什么也没有说，只是看着朱尔和弗农。

“锤子呢？”朱尔问。瓦达曼赶忙上岸去拿。

“它比锯子还重。”弗农说。朱尔把线斗的一头拴在锤柄上。

“这锤子大部分都是木头。”朱尔说。他和弗农面对面站着，看着朱尔的手。

“也更平整些，”弗农说，“它的漂浮速度可比锯子快两倍。试试那刨子。”

朱尔看着弗农。弗农也是高个子。两个又瘦又高的人相互对视着站在那里，湿透的衣服紧贴在身上。朗·奎科只要看天上的云，就能说出十分钟以后的天气。我说的是老奎科，而不是小奎科。

“你还在水里干什么？”我说。

“它不会像锯子一样漂浮。”朱尔说。

“它的浮力和锯子差不多，锤子比不上它。”弗农说。

“你敢打赌吗？”朱尔说。

“我才不跟你打赌。”弗农说。

他们就站在那儿，看着朱尔那一动不动的手。

“见鬼，”朱尔说，“快拿刨子来。”

于是他们拿来了刨子，把它拴到线斗上，又钻进水里。爹沿着河岸走上来。他停了一会儿，看着我们，耸肩躬身，一副凄切的样子，就像一头跌倒的公牛，或是一只高大的老鸟。

这时，弗农和朱尔回来了，他们背顶着水流。“让开，”朱尔对杜威·戴尔说，“别在水里。”

于是她朝我这边挤了一下，好让他们过去，朱尔把刨子高高举起来，好像它是什么容易腐坏的东西，那蓝色的绳子从他的肩膀往后搭。他们从我们身旁走过然后停下来；他们争论了一番也没能争出马车到底是在哪儿翻的。

“达尔应该知道的。”弗农说。他们看着我。

“我不知道，”我说，“我没漂那么远。”

“见鬼。”朱尔说。于是他们继续向前，小心翼翼地走着，背顶着水流，双脚一步一步在浅滩上摸索。

“你抓住绳子了吗？”弗农说。朱尔并没有回答。他往回瞥着河岸，暗自打量着什么，接着又看向水里。他把刨子扔出去，让绳子从他的指尖滑过，绳子滑过的地方都变青了。

“这会儿最好让我走开。”弗农说。他并没有回头看。朱尔还是不说话；我们看着他沉入水下。

“朱尔。”杜威·戴尔带着呜咽声喊道。

“那里也不是很深。”弗农说。他并没有回答。只是看着水里朱尔消失的地方。

朱尔钻出水面时，手里拿着锯子。

我们从马车旁边经过时，爹就站在那里，他正抓起一把叶子擦那两道泥迹。在丛林的映衬下，朱尔的马就像晾在线上的一床拼花被。

卡什没有移动过。我们站在他的身边，拿着刨子、锯子、锤子、直角尺、尺子和线斗，杜威·戴尔蹲下来扶起卡什的头。“卡什，”她喊道，“卡什。”

他睁开眼睛，深深凝视着我们颠倒的面孔。

“还有谁比我更倒霉的呢。”爹说。

“看，卡什，”我们说着拿起工具给他看，“你还丢了什么？”

他试着说话，可却转开脑袋，闭上了眼睛。

“卡什，”我们叫他，“卡什。”

他是转过头去吐了。杜威·戴尔用她的湿裙摆帮他擦了擦嘴；然后，他就能说话了。

“还有他的锯架，”朱尔说，“是买尺子的时候新买的。”他动了动，又转开了。弗农还是蹲在那儿看着他。接着，他起身跟着朱尔一起下到水里。

“还有谁比我更倒霉的吗。”爹说。我们蹲在地上，他赫然出现在我们头顶；他看起来就像酒醉的漫画家用硬木雕刻而成的人像。“这是一次审判，”他说，“可我并没有因此怪她。谁也不能说我怪她。”这时，杜威·戴尔已经把卡什的头放回去，她还特意绕了一下，避开呕吐物。他的工具就放在身旁。“断的刚好是从教堂上掉下来摔断的那只腿，或许这也算幸运，”爹说，“可我并不怪她。”

朱尔和弗农又下到水里了。从这儿看，他们并没有搅动水面。好像水流一下就将他们两人切开，两副躯干慢慢在水面移动着，他们小心到了极点，那样子十分好笑。水面看似平静，就像你看着一台机器，听它的声音久了，也就没感觉了。好像你这个凝块已经融进那永无休止的原动力中，什么也看不见，什么也听不见了；河水的骚动安静中带着沉闷。杜威·戴尔蹲在那里，她打湿的衣裙为三个盲眼男人坏掉的眼睛塑造出哺乳动物的可笑特征，也就是大地的水平线和山谷。

卡什

棺材并没有放稳。我告诉他们要想稳当地把它搬运过去，就得——

科拉

那一天，我们在谈话。在宗教信仰方面，她从来都不虔诚，即便是在那年夏天的野营集会后，当时怀特菲尔德兄弟还和她进行了思想的搏击，单独把她挑出来，与她的凡心进行一番斗争，我也不止一次对她说："上帝赐予你子女，以慰藉你艰难的命运，这也是他自身苦与爱的经历，你也是因为爱而怀孕生子。"我之所以那样说是因为她太把上帝的爱和她对他的责任当回事儿了，而这样的结果是上帝不愿看到的。我说"他赐予我们天赋，使我们能扬声赞美他"。因为我说过，在天堂里，对一个有罪之人的欢呼声，要超过对一百个无罪之人的欢呼。而她说"我活着就是为了认罪和赎罪"。我说"你是谁呀，你知道什么是有罪，什么是无罪吗？上帝的责任就是对它进行裁决；而我们的责任就是赞美他的仁慈和神圣之名，让凡夫俗子听见，因为只有他才能看透人心，因为不能说一个女人的生活在男人的眼里是正确的，就说自己内心无罪，她都还没对上帝敞开心扉，没有接受他的拥抱呢"。我说"仅仅因为你是一个忠贞的妻子，也不能说明你心里就没有罪。正因为你生活过得艰难，上帝才拥抱你，宽恕你的罪行"。而她说"我清楚自己的罪行。我知道我罪有应得。我不怪谁"。我说"正因为你自负，才会僭越上帝，去判断罪孽与救赎。我们的凡尘命运就是受苦和扬声赞美他，是他判定我们是否有罪，并通过审判我们、让我们受苦，来为我们救赎。即便是怀特菲尔德兄弟，那个与上帝同声共气的绝世圣人，为你祷告，对你进行专门的思想洗礼，你也无动于衷”。

因为，在上帝的眼里，我们不能判定是否有罪，也不知道什么才是有罪。她的生活无比艰难，可是，但凡女人，没有一个生活不艰难的。可是，从她说话时的语气来看，好像自己再清楚不过自己的罪行和救赎，比上帝还清楚，比那些与人世间的罪行做斗争的人还清楚似的。她承认的唯一的罪行就是偏向朱尔，那个从不爱她的儿子，这也是罪有应得，在我们凡夫俗子的眼里，偏向那个爱她，但却被上帝之手触碰过的达尔，反倒有些奇怪。“这就是你的罪行。也是你的报应。朱尔是你的报应。可是你的救赎又在哪里呢？生命已经够短暂了，”我说，“要赢得永恒的恩泽。上帝也有嫉妒之心。判定和施与是他的职责；不是你的。”

“我知道，”她说，“我——”她说到这儿就停下了，我又说：

“知道什么？”

“没什么。”她说，“他是我的痛苦，也将会是我的救赎。他会救我于水火之中。即便我放弃了生命，他也会救我。”

“你怎么知道，你都还没有向他敞开心扉，还没有扬声赞美他呢！”我说。这时我才意识到她口中的“他”并不是指上帝。我意识到她因为内心自负而说着亵渎神圣的话。我乞求她跪下，敞开心扉，让“自负是恶魔”和“上帝是仁慈的”这两种观点照进她的内心。可是她不会。她只是坐在那儿，迷失在她的自负和骄傲中，致使她向上帝关上了心门，将那个自私的凡尘俗子置于上帝的位置。我跪在那儿为她祷告。我为那可怜的盲妇祈祷，就像为自己和家人祈祷一样。

安迪

那天下午放学后，最后一个学生也抽着脏兮兮的小鼻子离开了，我没有回家，而是走下山，来到泉眼边，我可以在那儿安静地待会儿，还可以尽情地讨厌他。我在那儿安静地待着，泉水冒出来，又散开，阳光静静地斜照在树上，潮湿的枯叶和新土发出恬静的味道；尤其是在早春，这种味道分外浓烈。

我还记得父亲常说，活着的原因就是为长久的死去做好准备。我一天天看着他们，他们每个人都有自己的秘密和私念，每个人身上都流着不一样的血，和我的也不一样，我在想，这大概就是我做好准备死去的唯一途径，我甚至恨我父亲生下我。我会想象他们犯了错，那样我就可以用鞭子打他们。鞭子落下时，我感觉就像打在我自己的身上；每当留下伤疤，或是肿起，快速流动的仍是我的血液，鞭子每挥动一下，我就会想：你们现在知道我的厉害了吧！如今我在你们那隐秘而自私的生活中也有一席之地了吧，我用自己的血，在你们的血液中留下了永恒的印记。

然后，我嫁给了安斯。我曾看见他从校舍旁过了三四次，后来我才知道，他是赶着车走了四英里才到这儿的。那时我就注意到，他的背开始驼了——当时他还是个高大的年轻人——所以他坐在马车上时，看上去就像一只在寒冬里弓着背的高脚鸟。他经过校舍时，马车发出慢悠悠的吱嘎声，马车经过时，他慢慢扭头看校舍的门口，一直到转弯处，然后转过弯就不见了。一天，他经过时，我走到门口，就站在那儿。他看到我以后，迅速把头转开，就再也没有回头。

早春时节，这味道最为浓烈。有时候，我以为自己忍受不了，夜晚，躺在床上，大雁往北飞去，在这凄凉的黑暗中，它们的叫声时而微弱，时而高亢，时而狂野，到了白天的时候，好像我等不到最后一个孩子离开，就要到泉边去。于是，一天，我抬头的时候看见安斯穿着他的星期天衣服站在那儿，手里拿着帽子转了一圈又一圈，我说：

"既然你家里有女人，为什么她们不让你把头发剪了？"

"我家没有。"他说。接着，他突然看向我，就像两只猎犬在陌生的园林里，"我来找你就是为了这事儿。"

"为什么不让你把肩膀挺起来，"我说，"你家没有吗？可是你有房子啊。他们说你有房子，还有一个不错的农场。你不会一个人住在那儿，自己打理吧？"他只是看着我，转着手里的帽子。"还是新房子，"我说，"你是要结婚了吗？"

他盯着我的眼睛，又说："我来找你正是为了这事儿。"

之后，他告诉我："我家里没人。所以你不用担心。我想你不一样吧。"

"嗯。我家里有人，在杰弗逊。"

他的脸稍微沉下来。"嗯，我有一点家产。我向来节俭；我名声不错，我知道城里人是什么样子，可是他们要是一和我说话，估计——"

"他们可以听，"我说，"可要他们开口说话就难了。"他看着我的脸。"他们在墓地里。"

"可还有活着的亲戚呢，"他说，"他们不一样了吧。"

"是吗？"我说，"我也不知道。我没有其他亲戚了。"

于是我嫁给了安斯。当我知道怀了卡什的时候，我就知道生活很可怕了，这就是答案。那时我就知道语言没什么好处；话一出口，意思就变了。他出生后，我就知道母爱是一个不得不为它发明一个词的人发明的，因为有孩子的人是不会在乎是否有一个词来表示它的。我还知道，恐惧是一个从未经历恐惧的人发明的；至于骄傲，谁没有骄傲呢。我知道，并不是因为他们的鼻子脏，而是因为我们不得不借用语言相互利用，就像蜘蛛用吐丝的嘴从梁木上吊下来，晃荡着，缠绕着，从不相碰，只有通过鞭子的起落，我的血液和他们的血液才能融成一股。我知道，并不是我的孤独感非要一再被侵扰，而是直到卡什出生后，它才开始。就连安斯在夜里也不曾侵扰它。

他也有一个词。他把它叫作“爱”。不过，我长久以来对词都很熟悉。我知道那个词和其他词没什么两样：只是一种填补空缺的框架；当时机来临，你也就不需要这个词了，就像不需要骄傲和恐惧一样。卡什不需要对我说这个词，我也不需要对他说，我会说，安斯喜欢，就让他用吧。所以是安斯，还是“爱”；是“爱”还是安斯，有什么关系呢。

就算和他一起躺在黑暗中，卡什在摇篮里熟睡，我的手还摇着摇篮，我也会这样想。然后我以为我会杀了安斯。好像他捉弄了我，他藏在一个词后面，就像藏在一个纸屏幕后一样，还通过它从背后袭击我。可是，后来，我意识到自己是被比安斯和“爱”还古老的词捉弄了，同样的词也捉弄了安斯，而我的报复方式就是他永远不知道我是在报复。达尔出生时，我要安斯答应在我死后，要把我送回杰弗逊，因为我知道，父亲是对的，即便他再也不可能知道自己是对的，而我却知道自己错了。

“别胡说，”安斯说，“你和我还没生够呢，才两个孩子。”

那时，他不知道他已经死了。有时候，我会在黑暗中，坐在他的身旁，聆听着那片如今已是我血肉的土地，我就会想：安斯。为什么是安斯呢。为什么是你安斯。我会想着他的名字，直到过了一会儿，我看到那个词就像一个框架、一个容器，我看到他溶解了流进去，像冰冷的磨拉石从黑暗中飞来，飞进那容器里，直到它装满，一动也不动了——那是一个巨大的、没有生命的框架，像一个空空的门框；然后，我就会发现，自己竟忘了那个容器的名字。我会想：当我还是一个处女时，我身体的框架就像一个我想不起来的什么*安斯*，记不起*安斯*。倒不是我想象自己不再是处女，因为我现在是三个人了。当我像那样想着*卡什*和*达尔*，直到他们的名字消散，然后凝固成框架，再散去时，我会说，好极了。有什么关系呢。不管他们叫他们什么都没有关系。

当科拉·塔尔对我说我不是一个真正的母亲时，我会想，那些词是怎么沿着细线直飞上去的，而且又快又不麻烦，还有那些可怕的行为又是怎样在大地上行走，怎样贴着它，以至于过不了一会儿，两条线就分得好远，同一个人没法从一根跨到另一根了；那些个罪孽、爱和恐惧都是那些没有造过孽、没有爱过，或是没有恐惧过的人的声音，他们从来没有这样的经历，也不能有这样的经历，甚至到最后忘了这些词。

她还告诉我，我欠了孩子们、安斯和上帝什么。我给安斯生了孩子。我没有请求他们到来。我甚至没有向他要求过他本该给予我的东西：没有向安斯要过。那是我对他的责任，不求什么，只是尽我的责任。我就是我；我会让他成为他的词的框架和回声。他甚至都没要求过，因为他不能那样要求，安斯就是安斯，竟然用这样一个词。

然后他死了。他不知道他已经死了。我会在黑夜里躺在他的身旁，聆听黑暗之土与上帝的爱，以及他的美丽和罪孽对话；聆听那无声的黑暗，在这黑暗里，语言就是行为，而其他不是行为的语言，则是人们缺乏的空当，它们就像昔日那些可怕的夜里，大雁在荒凉的黑暗中哀鸣，它们摸索着那些行为，就像在人群中指两张面孔给孤儿，告诉他，一个是你的父亲，一个是你的母亲。

我相信我找到了它。我以为原因就是对活着的人的责任，对那可怕的血、那沸腾着穿过大地的红色的痛苦之血的责任。我想到罪孽，就如同想到我们在世人面前都会穿的衣服，如同必须要有的谨慎，因为他是他我是我；那是更加彻底和可怕的罪孽，因为他是创造了罪孽、又要救赎他所创造的罪孽的上帝指定的工具。我在树林里等他，等着他发现我，我想象中，他穿着罪孽之衣。我也会想，他也想到我穿着罪孽之衣，只是他想象中的要漂亮些，因为他用来交换罪孽的衣服是神圣化的。我把罪孽看成一件衣物，我们为了把可怕的血液赶进高高飘荡在上空的死亡之词的凄凉回声中，就要脱去这件衣服。然后，我又和安斯躺在一起——我并没有对他撒谎，我只是拒绝，就像卡什和达尔喝得差不多了，我就拒绝给他们喂奶一样——聆听着黑暗，无声地交流。

我从不掩饰什么事情。我也没有存心骗过谁。我不会在乎。我之所以那般谨慎，只是因为他的缘故，而不是为了我自身的安全，就好像我在世人面前要穿衣服一样。我会想，科拉和我谈话的时候，那些高调的死亡之词的死气沉沉的声音，好像连意义都失去了。

然后，一切都过去了。这里的过去，也就是他走了，我知道，虽然我还能见到他，但我再也不能见他在树林里急着悄悄向我走来，他穿着罪孽的外衣，仿佛那是一件华丽的衣服，他疾步而来，这衣服就被风吹到一边。

但是，对我来说，事情还没有过去。我指的“过去”，是有开始，有结束的“过去”。因为，对于我来说，在那个时候，任何事物都没有开始，也没有结束。我还让安斯节欲，不只是不让他唱退场赞美诗，甚至好像我和他都不曾发生过什么。我的孩子是属于我一个人，属于那在大地上一路澎湃的疯狂的血液，属于我和所有活着的人；要么谁也不属于，要么属于全部。然后我发现我怀上了朱尔。当我清醒过来，记起这件事时，他已经走了两个月了。

我父亲常说，活着就是为永远的死去做好准备。如今我终于明白他的意思了，我还知道，那个时候，他自己都不明白自己说的话是什么意思，因为一个男人是不会懂得打扫屋子之类的事情的。于是，我把屋子打整干净了。自从有了朱尔——我躺在灯旁边，撑起头，看着他把那里缝好才开始呼吸——那疯狂而澎湃的血液流走了，它的声音也终止了。如今只剩下奶水，温暖和平静，我静静地躺在那里，准备打扫屋子。

我生下安斯·杜威·戴尔来克制朱尔。然后又生下瓦达曼来补偿我从他那里夺走的孩子。如今，他有了三个孩子，他们属于他，却不属于我。然后，我就可以准备死去了。

那天，我和科拉谈话。她为我祷告，因为她以为我看不见自己的罪孽，她还想让我也跪下祷告，因为，对于那些认为罪孽只是言语问题的人来说，救赎也不过是言语问题。

怀特菲尔德

那晚，他们告诉我她快不行了，于是我与撒旦进行了整夜的斗争，我最终胜利了。我从深重的罪孽中惊醒；我终于见到了真正的光，于是我跪下来向上帝忏悔，乞求他指引我，并顺着他的指引。“起来，去弥补那家人吧，你曾生生向他们许下谎言，你曾和他们一道，违背了我的旨意；大声忏悔你的罪过吧。为了他们，为了那个被骗的丈夫能原谅你而不是我。”于是我就去了。我听说塔尔家的桥被冲走了；于是我说“哦，感谢上帝，我万能的主”。因为通过这些危险和困难，我明白了，他不曾抛弃我；我还明白，他那神圣的和平与爱再度接纳我，让这些考验也变得愈发甜美。“我要去向那个我曾经背叛过的人忏悔，乞求他的原谅，在此之前，请别让我暴死，”我这样祈祷着，“请让我及时赶到；别让我和她的谣言从她的嘴里说出来，让我来说吧。那时她说过，永远不会说出去，可是永远是个可怕的东西，我自己不也和撒旦进行了一番扭打吗？别再让她破了誓言的罪过加诸我灵魂之上。让我在伤害过的人面前洗净了灵魂，再用你圣洁的怒火包围我吧。”

是他的手将我安然托起于水面之上，他保护我度过水上的危险。原木和连根翻起的大树朝着我渺小的身躯冲过来，我的马受了惊，我自己的心也不受我控制。但我的灵魂却没事，我一次又一次看到原木和大树在最后一瞬间偏离了方向，于是我扬起声音，盖过洪水的喧嚣：“哦，我赞美您，万能的主和圣王。这样一来，我就能洗净我的灵魂，重新回到你那永恒的爱之怀抱。”

那时我便知道，我得到了宽恕。洪水和危险已经过去，当我骑着马，重新踏上坚实的大地，而我的客西马尼【1】场景一步步逼近时，我便开始准备要说的话。我会走进屋子；我要在她说话之前阻止她；我要对她的丈夫说：“安斯，我有罪。任凭你处置。”

事情好像已经完结了。我的灵魂更加自在了，它数年来都未如此平静过；我骑着马向前走，仿佛再次置身于那永恒的平静之中。左右都是上帝的手，我在心里还能听到他的声音：“别害怕。我和你在一起。”

然后，我走到了塔尔家。我经过的时候，他的小女儿出来和我打招呼。她告诉我她已经死了。

哦，上帝，我已经犯下了罪过。你最明白不过我有多么悔恨，最清楚我心灵的意愿。不过，他是仁慈的；他愿意接受我对这件事的心意，他知道虽然安斯不在场，但我是以安斯为对象，去准备那些认罪的话的。当那些爱她、信任她的人围在她的终榻边时，是他以那无边的智慧阻止她，不让那谣言从她垂死的唇间说出来；而我又在另一方借助他上帝之手的力量对抗水上的磨难。我赞美您。赞美您慷慨全能的爱。哦，赞美您。

我走进这丧亲之家，这简陋的房子里还躺着另一个犯过错的凡人，她的灵魂正面临着严峻而无法回避的审判，愿她的遗体永得安宁。

“让上帝的恩泽降临到这个家庭吧。”我说。

【1】客西马尼：耶稣被出卖受难前祷告的地方。语见《圣经·新约·马太福音》。

达尔

他骑着马去阿姆斯蒂德家，又骑着马回来，还牵回了阿姆斯蒂德的两头骡子。我们把马车套好，将卡什放在安迪的上面。我们扶他躺下时，他又吐了，不过，这一次，他及时把头伸出了车外。

“他肚子也被踢了一脚。”弗农说。

“可能那匹马还踢了他肚子一脚吧。”我说，“它踢过你的肚子没有，卡什？”

他正要开口说什么。杜威·戴尔又给他擦了擦嘴。

“他怎么说？”弗农说。

“你说什么啊，卡什？”杜威·戴尔说着弯下身去。“他要他的工具呢。”她说。然后，弗农把它们拿起来，放进马车里。杜威·戴尔就扶起卡什的头，好让他看看。我们驾着马车，往前走去，杜威·戴尔和我坐在卡什的身边，稳住他，他则骑着马走在前面。弗农站在那儿看了我们一会儿，然后转身朝桥的方向走去。他小心翼翼地走着，边走边甩着那打湿了的袖子，就好像是刚打湿的一样。

他让马在门前停住。阿姆斯蒂德在门口等着。我们把马车停下，这时，他也下了马，然后我们把卡什抬下车，搬到屋里去，阿姆斯蒂德太太已经把床铺好了。我叫她和杜威·戴尔把卡什的衣服脱下。

我们随着爹出来，到马车那里。他上了马车，然后驾着往前走去，我们就走路跟在后面，一直走到空地那儿。滚了水倒还帮了我们的忙，因为阿姆斯蒂德说："欢迎你们进屋。东西就放在那儿好了。"*他也牵着他的马跟在后面，站在马车旁边，手里还握着缰绳。*

"谢谢你了，"爹说，"我们用那边的牲口棚就好了。我也知道给你添麻烦了。"

"欢迎你们进屋来。"阿姆斯蒂德说。*他脸上又浮现出那种木然的神情：恍惚中带着凶狠，戾气中透着呆滞，仿佛他的脸和眼睛是两种不同木头的颜色，说深不深，说浅不浅。他的衬衫开始干了，可是他一动，衬衫还是会贴在身上。*

"她会感谢你的。"爹说。

我们解开骡子，把马车放进牲口棚。它的一边是开着的。

"那里雨水是进不去的，"阿姆斯蒂德说，"可你们要是愿意的话……"

那棚子的最里边有几块生锈的铁皮。我们拿出两张，搭在棚子的开口处。

"欢迎你们进去歇息。"阿姆斯蒂德说。

"我谢谢你了，"爹说，"不过，要是你能拿些吃的给他们，就太好了。"

"没问题，"阿姆斯蒂德说，"卢拉把卡什安顿舒坦后，就去做饭。"*这时，他已经回到马的旁边，正在拆马鞍，他一动，衬衫就贴在他的身上。*

爹不愿意进屋去。

"进来吃饭吧，"阿姆斯蒂德说，"就快做好了。"

"我什么也吃不下，"爹说，"谢谢你了。"

"你们大伙儿进来把衣服弄干，再吃点东西吧，"阿姆斯蒂德说，"在我家就别客气了。"

"都是为了她，"爹说，"因为她我才吃东西的。我的牲口也没了，什么都没有了。不过，她会感谢你们大家的。"

“当然，”阿姆斯蒂德说，“你们都进来把衣服烘干吧。”

等到阿姆斯蒂德敬了爹一杯酒，爹感觉好多了，于是我们就进屋去。但卡什没有和我们一起进去。我回过头，正好看见他把马牵进牲口棚。爹已经说起再买一对牲口的事了，好像到了吃晚饭的时候，他就已经买下了似的。我看见他在牲口棚里，轻巧地穿过迎面而来的气流，将马牵进畜栏。他爬上食槽，扯下一些干草，然后走开了，最后他找回了梳刷。于是他返回来，马儿朝他狠踢过来，他迅速躲开，来到马的旁边，这里它反而踢不到。他一边梳理马毛，一边在马蹄踢不到的范围内躲来躲去，就像杂技演员那般敏捷，还一边打情骂俏似的骂着马儿。它的脑袋猛然往后一扯。一副龇牙咧嘴的模样。他用梳刷的背面敲打马儿，马儿的眼睛在灰暗中转动，好像两颗大理石做成的弹珠在一块漂亮的天鹅绒上滚动。

阿姆斯蒂德

我又给他倒了一点威士忌，晚饭也快做好了，这时，他已经向别人赊了一对牲口。那时，他就开始挑三拣四了，他还说自己根本就不喜欢这对牲口，说他不愿意花钱向谁买一件毫无用处的东西，哪怕是一只鸡笼也不愿意买。

“不如你去问问斯诺普斯，”我说，“他养了三四对牲口呢。没准儿你能挑到一对称心的。”

然后，他又开始嘟哝起来，并用一种奇怪的眼神看着我，好像我拥有整个县上唯一一对牲口，却不愿意卖给他似的。于是我终于明白，能帮他们走出这片空地的牲口只能是我家这对了。不过，我不知道的是，要是有了一对牲口，他们会用来做什么呢。我听里特约翰说过，哈利低地那里的堤坝被冲了两英里，因此，要去杰弗逊，唯一的办法就是绕道从莫森那里过。不过，这是安斯的事。

“和他打交道可不容易。”他说，还一边嘟哝着什么。可是，晚饭后，我又给他倒了一杯酒，他喝过之后，情绪也高涨了一些。他要回到牲口棚去和她待在一起。或许他还以为，只要他在那儿随时准备出发，圣诞老人就会送给他一对牲口呢。“不过，我想，我可以说服他，”他说，“只要他身体里还有一滴基督徒的血，就不会见死不救。”

“当然，我也乐意把我的牲口借给你。”我说，但我也知道他对这句话有几分相信。

“我谢谢你，”他说，“可是她想要坐我们自己的。”他也知道我对这句话有几分相信。

晚饭过后，朱尔骑马去湾里接皮博迪。我听说他今天去了瓦尔纳家。朱尔到半夜时分才回来。皮博迪下到英弗里斯的什么地方去了，但比利叔叔跟着朱尔回来了，他还背着他的兽医包。正如他所说，人与马和骡子也没有什么区别，只是骡子和马要聪明一些。“你又出什么事了，小子？”他看着卡什说。“给我拿一块垫子、一把椅子和一瓶威士忌来。”他说。

然后，他让卡什喝了威士忌，接着让安斯出去。“幸亏他摔断的刚好是去年夏天摔断的那条腿，”安斯说，还一边嘟哝着、眨着眼睛，“总算是好的。”

我们用垫子把卡什的两条腿裹起来，然后把椅子放在垫子上，我和朱尔坐在椅子上，那丫头提着灯，比利叔叔先是往嘴里放了一片烟叶，然后开始医。卡什好一阵挣扎，最后昏过去了。然后，他就静静地躺在那里，冒起大颗汗珠，汗珠停在脸上，好像它们一冒出来就停下等他似的。

卡什醒过来以后，比利叔叔已经收拾好东西走了。他嘴里不停地说着什么，直到那丫头弯下身给他擦嘴巴。“他要他的工具。”她说。

他又试着说话；她靠身下来。“他要看它们。”她说。于是达尔把它们拿来，让他看。他们把工具放在床脚，等他好转一些，就可以伸手去摸。第二天一早，安斯骑着那匹马去湾里见斯诺普斯。他先是和朱尔站在地里聊了几句，然后骑着马走了。我估计这可能是朱尔第一次让别人骑他的马，安斯走了以后，他便气呼呼地在屋子里走来走去，眼睛随时盯着那条路，好像在盘算要不要追上安斯，把马儿牵回来。

快到九点时，天气热了起来。这时，我看见了第一只兀鹰。我想是泡了水的缘故吧。总之，我是白天才看见它们的。幸亏有风把味道从屋子里吹散，所以它们是到了白天才来的。可是，一看到它们，我就好像在一英里以外的田地里也能闻到那味道了，它们不断地盘旋，这样一来，县里所有人都知道我家牲口棚里放的是什么了。

我离家只有半英里多点，就听到那个小家伙大喊大叫。我还以为他掉到井里去了还是怎么的，所以就快马赶到那边。

我走到时，看见十几只兀鹰停在牲口棚的屋脊上，那小家伙还在空地上追赶着一只，而那兀鹰为了不被他抓住，只是飞起几步，然后又扑棱着翅膀飞到牲口棚的屋顶上去了，刚才，那家伙就是在这里发现那只兀鹰的，它当时正蹲在棺材上方。天热了起来，不错，风也停了，或是转了风向，又或是别的什么，然后，我找到了朱尔，可是这时，卢拉出来了。

“你千万要想想办法，”她说，“这像什么话呀。”

“我正在想呢。”我说。

“太不像话了，”她说，“他这样对她，应该受到法律的制裁。”

“他已经尽力让她入土为安了。”我说。然后，我找到了朱尔，问他要不要骑骡子去湾里看看安斯。可是，他什么也不说。就那样看着我，他下巴变得枯白，眼睛也是惨白惨白的，然后，他走开去喊达尔。

“你打算怎么做？”我说。

他并不回答。这时，达尔出来了。“过来。”朱尔说。

“你准备怎么做？”达尔说。

“去搬马车。”朱尔扭过头说。

“别傻了，”我说，“我没别的意思，你也是没办法。”达尔还在犹豫不定，朱尔却怎么也不肯罢休。

“闭上你的臭嘴。”他说。

“总要有地方放才好，”达尔说，“爹一回来，我们就往外搬。”

“你不来帮我吗？”朱尔说，他那惨白的眼睛像是在喷火，他的脸也像是在打冷战。

“不，”达尔说，“我不要。还是等爹回来再说吧。”

于是，我们就站在门口，看着他把马车拖来拖去。马车停在斜坡上，有那么一会儿，我还以为他要把牲口棚后面的墙撞破呢。可就在这时候，吃午饭的铃声响起来。我叫他，他也不回头。“还是先吃午饭吧，”我说，“叫你小兄弟一声。”可是，他并不理我，于是我只好吃饭去了。那丫头去找小家伙了，可是没找着。我们吃到一半时，又听见他在大喊大叫了，他要把兀鹰赶走。

“真是不像话，”卢拉说，“不像话。”

“安斯已经尽力了，”我说，“跟斯诺普斯打交道，半个小时怎么够啊。他俩在那儿讨价还价，不在树荫下待上一下午才怪。”

“尽力？”她说，“尽力？谁不知道他是怎样尽力的。”

我想他也确实是这样。可问题是，他不卖，我们就要卖了。他是没法从谁手里买到一对牲口的，更别说是斯诺普斯了，因为他也没什么可抵押的，甚至想不出来还有什么是没有抵押出去的。因此，当我回到地里，看着我的那对骡子时，实际上已经在跟它们进行告别了。那晚，我回到家，牲口棚已经被太阳晒了整整一天，我也不确定自己会不会后悔。

我出去，到走廊那里时，他骑着马上来了，他们大家也都在那里。他看上去有些好笑：好像比之前更猥琐了，还有些骄傲呢。好像他做了什么自以为很漂亮的事，可是不确定别人会怎么看似的。

“我买了一对牲口。”他说。

“你从斯诺普斯那里买了一对牲口？”我说。

“我看，这一带做生意的也不止斯诺普斯一个吧。”他说。

“那是。”我说。他正看着朱尔，他的表情非常滑稽，可是朱尔已经下了走廊，正朝马儿走去。我琢磨着他是要看看安斯把它怎么了。

“朱尔。”安斯叫他。于是朱尔回过头。“过来。”安斯说。朱尔往回走了几步，又停下了。

“你要干什么？”他说。

“这么说你从斯诺普斯那里买了一对牲口？”我说，“我想今晚他就会把它们送过来吧？你们走莫森那边，路那么远，得赶早起程啊。”

接下来，他的神情可不像刚才那样了。他又摆出以往那般纠结的样子，嘴里不停地嘟哝着什么。

“我可是尽力了，”他说，“上帝做证，世界上再没有比我还苦，比我还委屈的人了。”

“能在买卖上占斯诺普斯上风的人，应该会感觉很好吧。”我说，“你给他什么了，安斯？”

他并不看我。“我把动产抵押给他了，就是我的耕耘机和播种机。”他说。

“可那也值不了四十美元哪。换作是你，有一对价值四十美元的牲口，要怎么才肯交出去？”

这会儿，他们都看着我，都很安静，动也不动一下。朱尔正要去马儿那边，可是走到一半，又停下了。“我还给了他别的东西。”安斯说着，又开始嘟哝，他站在那儿，好像等着谁来揍他，而他也决定不还手似的。

“给了什么？”达尔说。

“你也真是，”我说，“用我的牲口，用完还我就是了。我会设法应付的。”

“怪不得你昨天晚上去翻卡什的衣服呢。”达尔说。他说这话时，如同在念报纸。好像无论发生什么都与他无关似的。朱尔这会儿走回来了，他站在那儿，用他那双大理石弹珠般的眼睛看着安斯。“那笔钱，卡什打算用它从苏拉特那里买那种会说话的机器。”达尔说。

安斯站在那儿，嘴里嘟哝着什么。朱尔看着他，眼睛很久都不眨一下。

“可也只是多了八美元哪。”达尔说。那声音听起来就好像他只是一个旁听者，什么都不与他相干似的。“这点钱也不够买骡子啊。”

安斯迅速看了朱尔一眼，一双眼睛朝旁边瞥了一眼，然后视线继续下垂。“上帝做证，世上再没有比我还倒霉的人了。”他说。大家还是一句话也不说。他们只是看着，等着，而他也只是两眼扫过他们的脚，至多看到腿上，不敢再往上了。“还有那匹马。”他说。

“哪匹马？”朱尔问。安斯只是站在那儿。真该死，一个人要是连自己的儿子都驾驭不了，他就该把他赶出家门，不管他有多大。要是这点都办不到，那他就滚吧。换作我，就要这么做。“你是说，你要用我的马和他交换？”朱尔说。

安斯站在那里，两只胳膊甩动着。“十五年来，我嘴里连一颗牙齿都没有，”他说，“上帝也是知道的，他知道，十五年来，我都没好好吃上一顿粮食，他本是要人们吃了粮食长力气的，我东省省西省省，为了不让家人受苦，也为了买一副假牙，好吃上上帝指定的食物。可是，我把那钱也掏出来了。我以为，我可以不吃粮食，我的儿子也就可以不骑马。天知道我是这么想的。”

朱尔双手贴在大腿上，看着安斯。然后，他移开视线。他看向外面的田地，他的脸僵硬如岩石，好像是别人在谈论另一个人的马，而他连听都懒得听似的。然后，他慢慢吐了一口痰，说了声“该死”，便转身走到门口，解开马，坐了上去。他坐上马鞍时，它就开始动了，等到他坐上去，他俩就一路气势汹汹地飞驰，好像有人在后面追捕他们一样。他们就那样消失在我们的视线里，他们看起来就像一阵花斑旋风。

“看吧，”我说，“你用我的牲口不就好了吗。”可他偏不要。他们甚至都不愿再待下去，那小子一整天都在烈日下轰赶着兀鹰，他也差不多和其他几个一样疯狂了。“不管怎么说，都要把卡什留在这儿吧。”我说。可是他们偏不。他们为他铺了一个小床，也就是把被子铺在棺材上，然后把他放在上面，再把他的工具放在旁边。然后我们套上我的那对牲口，将马车往前赶了差不多一英里。

“要是在这儿还给你添麻烦，”安斯说，“你尽管说就是。”

“当然，”我说，“这儿还不错。也还安全。现在我们回去吃晚饭吧。”

“我谢谢你了，”安斯说，“我们篮子里还有些吃的。可以凑合一下。”

“哪儿来的吃的？”我说。

“从家里带来的。”

“可是现在恐怕已经馊了，”我说，“还是去吃点热的粮食吧。”

可他们还是不来。“我想我们能凑合的。”于是我就没管他们，他们围着一小堆火蹲在那里，等待着。天知道是在等什么。

我往家里走去。心里一直想着他们，想着那个骑马跑掉的小子。这也许是他们见他的最后一面了。我会怪他才怪呢。我并不是说他舍不得他的马，而是他摆脱了安斯这个大傻瓜。

我当时就是那么想的。因为，像安斯这样讨厌的家伙，不弄出点事，让人去帮衬他才怪，即便他知道自己下一分钟就会恨不得踢自己一脚。这不，第二天吃过早饭后大约一个小时，那个帮斯诺普斯干活的尤斯塔斯·格里姆就牵了一对骡子来找安斯了。

“我还以为他和安斯没谈成呢。”我说。

“当然做成了，”尤斯塔斯回答说，“他们全都喜欢那匹马。就像我对斯诺普斯先生说的那样，这两头骡子五十美元他都会卖，因为要是他的叔叔福莱姆还留着当初从得克萨斯弄来的那批马，那么，安斯也就不可能——”

“你说那匹马？”我问，“可是安斯的儿子昨晚把它骑走了，说不定现在快到得克萨斯州了，但是安斯——”

“我也不知道是谁送来的，”尤斯塔斯说，“我也没见人。只是我今早去喂牲口的时候，看到那匹马在牲口棚里，我跟斯诺普斯先生说了，他就让我把这两头骡子送过来。”

嗯，那是他们见他的最后一面了，准没错。我估计，圣诞节一到，他们或许还会收到他从得克萨斯寄来的明信片呢。如果朱尔不走，我想我都要走了；我好像总是欠他什么似的。安斯可真能使唤人，这一点不假。他可真是个奇葩。

瓦达曼

现在一共有七只，它们在天上盘旋，就像一个个黑圈。

“哎，达尔，”我说，“你看到了吗？”

他抬起头。我们看着那高高在上的小黑圈，仿佛它们一动不动。

“昨天都才只有四只呢。”我说。

其实，昨天，牲口棚上方的兀鹰不止四只。

“它们要是还落在马车上，你知道我会干什么吗？”我说。

“干什么？”达尔说。

“我是不会让它们停在她身上的，”我说，“我也不会让它们停在卡什身上。”

卡什病了。他病了，还躺在棺材上面。但，我妈是一条鱼。

“到了莫森，一定得买些药，”爹说，“我看，我们得想办法弄点药。”

“你感觉怎么样，卡什？”达尔问。

“没什么大碍。”卡什说。

“要不帮你把腿架高一些？”达尔说。

卡什摔断了腿。他已经断过两次了。他躺在棺材上方，头下枕着裹起的被子，膝盖下垫着一块木头。

“我觉得，我们最好还是把他留在阿姆斯蒂德家。”爹说。

我从来都没有摔断过腿，爹也没有，达尔也没有。“不过有些肿块，没什么大不了的，”卡什说，“这样一晃一晃，就成为一个肿块了，没什么事。”朱尔 *走了。他是在吃晚饭的时候骑着马走的。*

“全都是因为她不让我们欠别人的人情，”爹说，“上帝做证，我已经尽力了。”*因为朱尔的妈是一匹马吗，达尔？*我说。

“要不我把绳子拉紧一点。”达尔说。*所以我和朱尔都待在牲口棚里，而她在马车里，因为马是住在牲口棚里的，我还要不停地把那些兀鹰赶走。*

“随便你吧。”卡什说。杜威·戴尔没摔断过腿，我也没有。卡什是我的哥哥。

我们停了下来。达尔松了绳子，卡什就开始冒汗了。他龇着牙齿。

“疼吗？”达尔问。

“我看你最好把它放回去。”卡什说。

于是达尔把绳子放了回去，他使劲地拉着。卡什龇着牙齿。

“疼吗？”达尔又问。

“不碍事。”卡什说。

“要不叫爹赶慢点？”达尔说。

“不，”卡什说，“没时间等了。不碍事。”

“我们得去莫森弄点药，”爹说，“我看不买药是不行的。”

“叫他继续赶车。”卡什说。于是我们继续向前。杜威·戴尔往后靠，给卡什擦着脸。卡什是我的哥哥。*可朱尔的妈是一匹马。我妈是一条鱼。达尔说再遇到水的时候我们就能见着她，可是杜威·戴尔说，她在棺材里；那她怎么出来呢？从我打的洞里钻出来，钻进水里，等我们再到水边我就能见到她了。我妈不在棺材里。我妈没有那样的味道。我妈是一条鱼。*

“我们到杰弗逊的时候，那些蛋糕可就有的看了。”达尔说。

杜威·戴尔并没有回头看。

“你最好在莫森就把它卖了。”达尔说。

“我们什么时候到莫森，达尔？”我问。

“明天吧，”达尔说，“要是这对牲口没有散架的话。斯诺普斯可是给它们喂的锯木。”

“为什么他要给它们喂锯木啊，达尔？”我问。

“你瞧，”达尔说，“看到了吗？”

现在又有九只了，它们高高在上，围成小小的黑圈。

我们走到山脚下时，爹停了下来，达尔、杜威·戴尔和我都下了马车。卡什不能动，因为他摔断了腿。“上来，骡子们。”爹说。那两头骡子艰难地走着；马车吱嘎作响。达尔、杜威·戴尔和我走在马车后面，往山上走去。我们走到山顶时，爹停下了，我们又回到马车里。

现在又有十只了。高高在上，围成小黑圈。

莫斯利

我碰巧抬头，看见她在窗外，正往屋里看。她并没有靠近窗玻璃，也没有特别看什么东西；只是站在那儿，头转向这边，她的眼睛正对着我，眼里却好像全是空白，好像在等着什么信号似的。等我再次抬起头，她就朝店铺门口走去了。

她在门口绊了一下，然后走了进来，乡下人就是这样。她那硬边的草帽不偏不倚地扣在头上，手里拿着一包用报纸包着的东西。我估计她身上只有两毛五分钱，最多也就一块钱，等她转一圈，没准儿最后只会买一把便宜的梳子，或是一瓶给黑人用的花露水，所以，我也懒得花时间搭理她。不过，我看，虽然她脸色阴阴的，动作也不伶俐，可模样长得还算好看，她就这样，穿着格布裙子，也没怎么打扮，肯定比她买了决定要买的东西，或是说出她要买的东西之后还好看。我知道，她还没进来，就想好要买什么东西了。不过，你得让她慢慢来。于是我继续忙手头的事，本想等阿尔伯特空了过来招呼她，就在这时，阿尔伯特回来了。

“那个女的，”他说，“你最好去看看她要买什么。”

“她要什么？”我问。

“我不知道，她什么也不说，还是你过去吧。”

于是，我绕过柜台走出来。只见她光着脚，脚趾张开，自然地站在地板上，好像她习惯了光着脚似的。她正看着我，盯着不放，手里还拿着一包东西。她长着一双全世界最黑的眼睛，我不认识她。我不记得在莫森看到过她。“要买点什么？”我问她。

她还是什么都不说。只是盯着我看，眼睛一眨不眨。接着，她扭头去看冷饮柜那边的客人。然后，她的眼光掠过我，看向店铺后边。

“你是要买化妆品吗？”我问，“还是买药？”

“对。”她说。她又迅速转眼看向冷饮柜。所以我想，准是她妈或是谁让她来买妇科药，而她不好意思开口。我见她气血不错，不会是自己用，更何况她年纪这么小，不过刚懂得点事儿，怎么会用这种药。真气人，这些乡下女人就是不爱惜自己。但你还是要卖这种药，不然，在这里就没生意可做了。

“哦，”我说，“你要用来做什么呢？我们这儿有——”她又看着我，几乎是在说“嘘”，然后看着店铺后边。

“我想去后面说。”她说。

“好吧。”我说。你得依着她们，这样也省事儿。于是我跟着她来到店铺后边。她把手放在门上。“里面只有处方箱，其他什么也没有了，”我说，“你到底要买什么？”她停下来，看着我。好像她从自己脸上、眼睛上揭下了一层盖。她的眼睛有些呆滞，又怀有希望，那阴郁的神情，好像同时也做好了失望的准备。可是，她总是遇上了什么麻烦；我看得出来。“你遇到什么事了？”我问，“跟我说说你要什么。我可忙得很哪。”我并不是要催她，可是我们就不像他们那样闲得慌。

“是关于女人的问题。”她说。

“哦，”我说，“就这样？”我想她比表面上看起来还要年轻，或许是月经初潮让她吓坏了，又或许是月经失调，小姑娘都是这样的。“你妈呢？”我问，“你有没有妈？”

“在外面的马车上。”她说。

“那为什么不先问问她，再来买药呢，”我说，“凡是妇女都能帮你。”她看着我，我又看着她说，“你多大了？”

“十七。”她说。

“哦，”我说，“我还以为你……”她又看着我。可那时，光看她们的眼睛，仿佛她们都没有年纪，还什么都知道似的。“是太规律了，还是不规律呢？”

这时，她并不看我，也没有动。“是的，”她说，“我想是这样。”

“那，是哪种情况呢？”我问，“你不清楚吗？”那是罪孽，也是丢脸的事；可毕竟她们还是要从别人那里买。她站在那儿，并不看我。“你想买止住它的药？”

“不，”她说，“是这样，它已经停了。”

“那——”她的脸微微垂下，一动不动，她们跟男人们打交道的时候都是这样，所以你拿不准下一次闪电会从什么方向劈来。“你还没结婚，是吧？”我问。

“没有。”

“哦，”我说，“停了有多久，有五个月吗？”

“就两个月。”她说。

“嗯，可是我店里没有你要买的东西，”我说，“只有奶嘴。我劝你还是回家跟你爹说，让他想办法让那个人给你一张结婚证书，如果你有爹的话。还有别的事吗？”

但她只是站在那儿，也不看我。

“我付得起钱。”她说。

“是你自己的，还是他给你的，如果他还算个男人的话？”

“他给我的。十美元。他说这就够了。”

“就算你给一千美元在我店里也买不到，再说十美元是不够的，”我说，“你还是听我的劝，回家找你爹或是你哥哥，要是你有哥哥的话，不然就去找你在路上遇到的第一个男人。”

但她并没有动。“莱夫说我可以在药店里买到药的。他说，只要跟你说我和他不会告诉任何人是你卖药给我们。”

“我只希望你的宝贝莱夫能亲自来一趟；我就这么想的。我不知道：那会儿，我是有点佩服他了——说不定他现在正在去得克萨斯的路上呢，也不是没可能。我可是有名声的药剂师，我在镇上开药店养家糊口，五十六年来，一直是虔诚的基督徒。要是我能打听出你的家长是谁，我真想亲自去告诉他们。”

这会儿，她又看着我。神情和模样又变成我一开始见她在窗外时那样空洞。“我本来也不知道，”她说，“是他说可以在药房买到药的。他还说，可能别人不愿意卖给我，可是，只要我有钱，而且保证不说出去……”

“他说的肯定不是这家药店，”我说，“他要是说了我的名字，就得拿出证据来。他要敢再说一次，我就拉他去找法律讨个公道，你大可原封不动回去跟他这么说。”

“没准儿别的药店愿意卖呢。”她说。

“我可不想知道。居然找到我这里来了，真是——”这会儿，我看了她一眼，不过，这乡下人的生活还真是不容易；男人有时候……要说沉沦罪孽可以有借口的话——当然，这绝对是不行的。可是，人生在世，活得也够无聊的：也不可能到死都规规矩矩。“你听着，”我说，“你就打消了这个念头吧。你身体里的东西是上帝给的，即便他是借恶魔之手；要是他想取走它，也得他自己动手。你去找你的莱夫，用这十块钱和他把婚结了吧。”

“可是莱夫说，我在药店买得到的。”她说。

“那你就到别的地方去买，”我说，“在我这儿是买不到的。”

然后她就拿着手里的东西走了。她的脚在地板上擦出轻微的嘶嘶声。她又在门口绊了一下，然后出去了。透过玻璃，我看见她走下了街道。

剩下的事是阿尔伯特告诉我的。他说，马车停在格鲁梅特的五金店门口，从街上过的女人们都用手帕捂着鼻子，一群不怕臭的男人和孩子围在马车四周，听警长和那男人争吵。他坐在马车上，是个又瘦又高的男人，他说这是公共街道，他和别人一样有权经过，而警察让他快点过去；人们可受不了这气味。已经死了八天了，阿尔伯特说。他们是从约克纳帕塔法县的什么地方来的，要赶去杰弗逊。就像一块腐臭的奶酪，用那嘎吱作响的马车载着，要被搬去一个蚁窝，阿尔伯特说人们害怕它还没离开镇上就散架了，上面装着自己做的棺材，还有一个摔断腿的家伙躺在棺材上，老爹和小儿子还坐在里边，警长要他们快点过去。

“那是公共街道，”那男人说，“我觉得我们还可以停下来买些东西，和其他人一样。我们有钱，也没有法律规定，不能花钱买东西吧。”

他们停下来是要买水泥。另一个儿子在格鲁梅特的店铺里，他想让格鲁梅特拆开一包，他只买十美分的，最后，格鲁梅特只好拆开来，打发他出去。他们是要用水泥去补那家伙摔断的腿。

“这怎么可以，你会害死他的，”警长说，“你会让他失去这条腿的。你还是带他去看医生吧，还有，尽快把这东西给埋了。你们不知道危害公共健康是要坐牢的吗？”

“我们已经尽力了。”那老爹说。接下来，他讲了好长一番故事，说着他们是如何等着马车回来，桥是怎么被冲走，他们又是怎样走了八英里到达另一座桥，没想到那座桥也被冲走了，于是他们只好回来，从浅滩上涉水过河，结果，骡子又溺水了，然后他们又买了一对，却又发现路被冲走了，所以他们只能绕道从莫森过。接着，那个买水泥的人回来了，他叫他闭嘴。

“我们马上就走。”他对警长说。

“我们没想要给别人添麻烦。”爹说。

“你带他去看医生。”警长对那个买水泥的说。

“我想他没事的。”他说。

“倒不是我们铁石心肠。”警长说，“你们自己也很清楚是什么情况。”

“当然，”另一个人说，“等杜威·戴尔回来，我们就走。她去寄包裹了。”

于是他们站在那儿，周围的人们用手帕捂着脸，过了一会儿，那丫头回来了，手里拿着那包裹着报纸的东西。

“走吧，”买水泥的那个人说，“我们耽搁太久了。”于是他们上了马车继续赶路。吃晚饭的时候，我好像还能闻到那股味道。第二天，我碰到了警长，我吸了吸鼻子问：

“你闻到什么了吗？”

“我想他们这会儿已经到杰弗逊了吧。”他说。

“或是在监狱里。哦，谢天谢地，不是在我们这里的监狱。”

“可不是嘛。”他说。

达尔

“就是这里了。”爹说，他把骡子拉上去，坐在那儿，看着那边的人家。“我们可以去那边打点水。”

“没错，”我说，“你得向他们借一只桶，杜威·戴尔。”

“天知道，”爹说，“我是不愿意欠别人的，天知道。”

“要是见到大小合适的罐子，就把它带过来。”我说。杜威·戴尔从马车上下来，手里拿着包裹。“要在莫森卖这些蛋糕，怎么有这么多麻烦。”我说。我们的生命怎么就闯进了这没有风也没有声音的、疲倦地重复的疲倦姿态中，成为昔日那没有手在没有弦上的弹拨的回声。黄昏时分，我们陷入慌乱的姿态，那是玩偶们僵死时的姿态。卡什摔断了腿，锯木正在往外流。他的血都快要流干了。

“我是不愿意欠别人情分的，”爹说，“天知道。”

“那你自己去打点水吧，”我说，“我们可以用卡什的帽子舀水。”

杜威·戴尔回来的时候，一个男人跟着她出来。他在那边停下，她走过来了。他就站在那儿，过了一会儿，他回屋去了，站在走廊上，看着我们。

“我们还是别把他抬下来的好，”爹说，“我们就在这儿给他治吧。”

“你想下来吗，卡什？”我说。

“我们明天能到杰弗逊吗？”他说。他看着我们，眼中带着质问的神情，专注又哀伤，“我撑得住。”

“那样会舒坦一点，”爹说，“不让它们碰到一起。”

“我撑得住，”卡什说，“不就一天吗，没什么大不了的。”他看着我们，他的眼睛在那张灰瘦的脸上大睁着，一副询问的模样。“已经接上一点了。”他说。

“买都已经买了。”爹说。

我在罐子里和水泥，将水缓缓倒入，再一圈圈搅动那稠厚的水泥。我把罐子拿到马车旁，让卡什看。他平躺着，瘦削的轮廓映衬在天空下，他的表情痛苦而深远。“看起来怎么样？”我问他。

“你别放太多水，不然起不了作用。”他说。

“这样算多吗？”

“你可以放些沙子进去，”他说，“大不了就是一天，我还撑得住。”

瓦达曼沿着我们来时的路往回走，去河边拿了些沙子回来，慢慢地倒进那稠厚的水泥中。我又拿到马车旁边。

“这下好了吧？”

“差不多了，”卡什说，“我还可以再撑一会儿。没什么大不了的。”

我们小心翼翼地拆开夹板，慢慢把水泥倒在他脚上。

“小心点，”卡什说，“别弄到棺材上了。”

“知道了。”我说。杜威·戴尔从她的包裹上扯下一块纸，水泥从卡什身上滴下来的时候，她就用纸擦掉。

“感觉怎么样？”

“挺好的，”他说，“凉丝丝的，挺好的。”

“希望能让你好过些，”爹说，“你要原谅我。我也没想到会是这样。”

“挺好的。”卡什说。

要是你能闯过这一关就好了。那就好了，要是你能闯过这一关。

我们又把夹板放好，还缠上绳子，拉紧，这样一来，那淡青色的、稠厚的水泥就慢慢从绳子的缝隙中渗出，卡什静静地看着我们，一副深深疑问的表情。

“这样就把腿固定住了。”我说。

“是啊，”卡什说，“我很感谢你们。”

我们坐在马车上，扭头看他[1]。他在我们身后跟上来，脊背僵直，一脸木然，只有臀部以下在移动。他一路走上来，一句话也不说，他那苍白而呆滞的眼睛嵌在那颧骨突出的、阴沉的脸上，他上了马车。

“这里是上坡，”爹说，“我看你们要下来走几步了。”

【1】指朱尔。——译者注

瓦达曼

达尔、朱尔、杜威·戴尔和我正在往坡上走，我们跟在马车后面。朱尔回来了。他走上路来，进了马车。他在走路。朱尔再也没有马了。朱尔是我的哥哥。卡什也是我的哥哥。卡什的腿摔断了。我们把卡什的腿接上，他就不会疼了。卡什是我的哥哥。朱尔也是我的哥哥，只是他的腿没有摔断。

现在只有五只了，高高在上，围成小小的黑圈。

“它们晚上待在哪里呢，达尔？”我问，“我们晚上停在牲口棚时，它们在哪儿待着呢？”

坡路直通天上。太阳从山坡背后升起来，骡子、马车和爹在太阳下赶路。他们在太阳底下慢悠悠地往前赶，你都无法看他们。杰弗逊的橱窗里有红色的火车轨道。那轨道闪着光一圈又一圈地跑。这是杜威·戴尔说的。

今晚，我要看看，当我们停在牲口棚时，它们在哪儿。

达尔

"朱尔，"我问，"你是谁的儿子啊？"

风从牲口棚吹起，于是我们把她放在苹果树下，在那里，月光照着苹果树，在那浅睡的木板上投下斑驳的阴影，而木板里面不时会传来她的阵阵絮语。我们走上去时，一只猫从棺材上跳下，逃走了，那银色的爪子和银色的眼，在树影中一闪而过。

"你妈是一匹马，可谁又是你爹呢，朱尔？"

"你这个该死的杂种。"

"别叫我杂种。"我说。

"你这个杂种。"

"别那样叫我，朱尔。"在高高照下的月光中，他的眼睛如同两块白纸贴在高高掷起的足球上。

晚饭过后，卡什开始轻轻冒汗。"有一点热了，"他说，"我估计是太阳晒了一整天的缘故吧。"

"你要在上面浇点水吗？"我们问他，"或许那样要舒服些。"

"那我感谢你们，"卡什说，"我估计是太阳晒的缘故。我早该想到盖着它的。"

"我们才该想到，"我们说，"你是料不到的。"

"我竟没注意它在发热，"卡什说，"我应该小心点的。"

于是我们淋了些水在上面。他裹在水泥里的腿和脚看上去像是被煮熟了一样。“好些了吗？”我们问他。

“感谢你们了，”卡什说，“好些了。”

杜威·戴尔用裙摆帮他擦脸。

“看你能不能睡一会儿吧。”我们说。

“好啊，”卡什说，“真是谢谢了。我现在感觉好点了。”

朱尔，我说，你爹是谁啊，朱尔？

该死的。该死的。

瓦达曼

她在苹果树下，达尔和我在月亮下穿行，一只猫从棺材上跳下来，逃走了，我们听到它在棺材里发出声音。

"听到了吗？"达尔说，"竖起耳朵听。"

我竖起耳朵，听到了她的声音。只是，我听不清她在说些什么。

"她在说什么，达尔？"我问，"她在和谁说话？"

"她在和上帝说话，"达尔说，"她在求他帮助她。"

"她要他做什么？"我问。

"她要他把她藏起来，不让男人们看见。"达尔说。

"为什么她要藏起来，不让男人们看见？"

"为了能安息。"达尔说。

"她为什么想安息啊，达尔？"

"听。"达尔说。我们听到了她的声音。我们听到她翻过身来。"听啊。"达尔说。

"她在翻身，"我说，"她在透过木头看我。"

"是呀。"达尔说。

"她怎么能透过木头看呢，达尔？"

"过来，"达尔说，"我们得让她安静下来，来。"

"她看不见我们，因为洞在棺材顶上呢。"我说，"她怎么看得见呢，达尔？"

“我们去看看卡什吧。”达尔说。

我看到了一些事，杜威·戴尔让我不要跟别人说。

卡什的腿受伤了。我们今天下午给他接上了，可他又开始痛了。于是我们把水淋在他的腿上，然后他就好些了。

“我感觉好些了，”卡什说，“谢谢你们了。”

“试着睡一觉吧。”我们说。

“我好些了，”卡什说，“真是谢谢你们。”

我看见了一些事，杜威·戴尔叫我不要跟别人说。不是关于爹的，也不是关于卡什的，不是关于朱尔的，也不是关于杜威·戴尔的，更不是关于我的。

杜威·戴尔和我今晚就睡在硬板小床上。小床在走廊后方，我们在那儿可以看见牲口棚，月光照耀着床的一半，我们半身躺在光明中，半身躺在黑暗里，月光洒在我们的腿上。于是我要去看看，晚上当我们在牲口棚时，它们究竟待在哪里。今晚，我们没有在牲口棚，但我能看到牲口棚，所以今晚我就要看看它们究竟待在哪里。

我们躺在小床上，月光照耀着我们的双腿。

“看哪，”我说，“我的腿看上去是黑色的，你的腿也是。”

“去睡觉。”杜威·戴尔说。

杰弗逊是个宁远之地。

“杜威·戴尔。”

“什么？”

“现在不是圣诞节，它怎么会在那儿？”

它发着光跑了一圈又一圈。然后，那火车轨道也发着光跑了一圈又一圈。

“你说什么在那儿？”

“火车呀。在窗子那里。”

“你睡觉吧，要是它在那儿的话，你明天也可以看到。”

或许圣诞老人不会知道他们是城里的孩子。

“杜威·戴尔。”

“你睡觉吧。他不会让那些城里的孩子得去的。”

它们就在窗子后面，红色的轨道，发着光跑了一圈又一圈。看得我心痛。然后爹、朱尔、达尔和吉利斯皮先生家的儿子来了。小吉利斯皮的腿肚都露出来了。月光照耀下，他的腿显得毛茸茸的。他们绕过屋子，朝苹果树走去。

“他们要干什么，杜威·戴尔？”

他们绕过屋子朝苹果树走去了。

“我闻到她的气味了，”我说，“你闻到了吗？”

“嘘，”杜威·戴尔说，“风的方向改变了。快睡了吧。”

所以，很快我就会知道它们晚上待在哪里了。他们绕过屋子，然后借着月光穿过院子，把她抬了起来。他们把她搬到下面的牲口棚去，月光静静地、水平地照在她身上。然后，他们就回来了。吉利斯皮先生家孩子的腿毛茸茸的。然后我就等着，我说，杜威·戴尔？我等着，然后跑出去找它们，看看它们晚上待在哪里，我看到了一些东西，可是杜威·戴尔叫我不要跟别人说。

达尔

他靠在黑暗的门上，仿佛也是黑暗的化身，他穿着内衣，瘦得就像一匹赛马，最初的火光照着他。他突然跳到地上，脸上带着愤怒而不敢相信的表情。他甚至都不转一下头或是眼睛，就看见了我，他的眼睛里，就像火焰喷出红光。“过来。”他说着跳下斜坡朝牲口棚走去。

一时间，他奔跑在月光之下，犹如一条银带。突然，牲口棚的整个阁楼起了火，像是塞了火药一般，突然一阵无声的爆炸后，他就像用铁片剪成的扁平的人像一般弹了出来。

在前边，有着方形孔的圆锥形雕花门，被那像立体派昆虫那样搭在锯木架上的又方又扁的棺材挤破了。爹、吉利斯皮、马克和杜威•戴尔在我身后赶了过来。

他在棺材那里停下，然后弯腰看着我，他的脸上带着愤怒的表情。头顶的火焰如雷鸣闪电；一股冷风从我们身旁穿过，风里一点热气都没有，一撮儿干草突然冲出来，又迅速飞到畜栏那里，还有一匹马在畜栏里长嘶。“快，”我说，“救马。”

他瞪眼看了我一会儿，然后又看向头上的屋顶，然后跳到畜栏里的马儿身旁。它又踹又踢，发出的撞击声被吸进火焰声中，然后，那声音听起来就像一列无限长的火车开过一座无限长的大桥。吉利斯皮和马克从我身边过去，他们穿着齐膝的睡衣，他们大喊着，声音尖锐而高亢、意味无穷，同时又狂野而悲伤：“……奶牛……畜栏……”

吉利斯皮的睡衣被风吹到了前面，并像气球一样在他多毛的大腿上鼓起。

畜栏的门一下子关上了。朱尔用屁股把门撞开，然后弓着背，进去拉着马的头把它往外拖，他的肌肉在衣服底下鼓了起来。火焰中，他转动着的眼睛也像是一团柔和、迅疾，而又狂野的乳白色的火苗；它到处挣扎的时候，肌肉鼓起来，将朱尔扯离了地面。他慢慢地、小心翼翼地拽着它往前走；他又扭过头，愤怒地扫了我一眼。即便他们走出了牲口棚，马儿还在挣扎，还在往后奔，直到吉利斯皮从我身边过去，他一路把这匹疯马打了出去。他用睡衣包着骡子的头，自己裸着身子。

这时，朱尔跑着回来了；他又看了棺材一眼，继续朝前走去。“母牛呢？”他从我身旁走过时，吼道。我跟着他。马克在畜栏里和另一头骡子周旋。它的头映入火焰中时，我看见他的眼睛也在狂野地转动着，可却没有声音。它就站在那儿，扭头看着马克，一旦他走近，就用后蹄踢他。他回头看着我们，他的眼睛和嘴巴，就像脸上的三个洞，而母牛的花斑则像盘子里的英国豌豆。他的声音尖锐、高亢而遥远……

“我没辙了……”好像声音从他的唇边被扫开了，好像他是在一个遥远到声音穿过来都会枯竭的地方和我们说话。朱尔从我们身边溜过去；骡子一边旋动，一边踢脚，可是他已经抓住了它的头。我对马克说：

“睡衣。裹住它的头。”

马克瞪了我一眼，然后把睡衣脱了，套在骡子的头上，它立马就安静下来了。朱尔在朝着他喊：“奶牛呢？奶牛呢？”

“在后面，”马克喊道，“在最后边那个畜栏里。”

我们进去时，奶牛盯着我们。她在角落后方，低着头，嘴里还快速嚼着什么东西。可她一动不动。朱尔停了下来，往上瞧了瞧，突然，我们看到通往阁楼的路都没了，都变成了火焰；小小的火花如雨一般落下。他四处看了看。食槽下面还有一根挤奶时用的三条腿的凳子。于是他捡起来，朝后墙的板子砸去。他砸开了一块板子，然后两块，三块；我们赶过去把那些砸开的板子的碎片拿开。我们弯着身走到砸开的口子那里时，什么东西在背后向我们冲过来。是那头奶牛；她一口气从我们中间穿过，跑到外边的火光中，她那僵直的尾巴就像被钉在尾椎骨上的一把笤帚。

朱尔转身要进牲口棚。“这里，”我说，“朱尔！”我抓着他；他把我的手打落。“你这个笨蛋，”我说，“你没看到那边过不去吗？”墙那边的路看上去就像探照灯照在雨里。“来，”我说，“走这边。”

我们从缺口中穿过去，他就开始跑。“朱尔。”我边跑边叫他。他跑过每一个角落，眼看我到这个角落时，他已经跑到另一个角落去了，他跑在火焰中，就像用铁片剪成的人形。爹、吉利斯皮和马克远在一边，他们站在黑暗中，看着牲口棚，那时，月光已经退去。“抓住他！”我喊道，“让他停下！”

我走到前边时，他正和吉利斯皮扭在一起，一个穿着睡衣，一个赤裸着。他们就像希腊饰带上的两幅人像，被那红色的火焰隔绝在一切事实之外。我还没追上他，他就把吉利斯皮打倒在地，回到牲口棚去了。

此时，大火的声音已变得格外平静，就像河水的声音一样。朱尔跑到棺材最里边的那一头，弯下身，我们看着门口那逐渐熔化的台口。干草燃烧起来，火星往下落，像燃烧的珠帘，他往上看了一眼，然后透过珠帘看了看我们，我看到他的口型好像是在叫我的名字。

“朱尔！”杜威·戴尔喊道，“朱尔！”这一喊，在我听来，好像累积了她最后五分钟的声音，爹和马克抓着她时，我还听到她扭打挣扎的声音。她尖声叫着“朱尔！朱尔！”可他不再看着我们。我们看见他把棺材倒立起来，只手托起，让它从锯架上滑下。想不到那棺材竟有那么高，把他都挡住了。若不是亲眼看见，我才不会相信安迪·本德伦需要这么大的空间才能舒服地躺下。过了一会儿，棺材立起来，火星落在上面又迸溅开，似又迸溅出更多火星。接着，棺材渐渐往前倒，越来越快，这时，朱尔出现了，火星同样落在他的身上然后迸溅开，他看上去就像被一层薄薄的火晕围住。棺材也不停下，又立了起来，然后顿了一下，往前撞，穿过了珠帘。这时，朱尔骑在它上面，抓着它，直到它往下冲，将他往前带了出来，然后马克往前跳进一股淡淡的肉烧焦的味道里，他拍打着朱尔内衣上那些红边的洞，它们就像盛开的鲜花。

瓦达曼

*我去找它们晚上待在哪儿时，看到了一些东西。*他们说：“达尔呢？达尔去了哪里？”

他们又把她抬回苹果树下。

牲口棚一片红色，但它此刻已经不再是牲口棚了。它已经塌了，那团红色向上旋起。牲口棚变成了红色的碎片向上旋起，冲击着天空和天上的星星，以至于星星都向后退去了。

然后卡什醒了。他扭着头，左看看右看看，脸上还冒着汗。

“你还要再浇点水吗，卡什？”杜威·戴尔说。

卡什的腿脚都变成黑的了。我们拿着提灯去看变黑的地方。

“你的脚看上去就像黑鬼的脚，卡什。”我说。

“我看我们得把水泥打碎。”爹说。

“你们怎么会用水泥包腿脚呢，真该死。”吉利斯皮先生说。

“我以为多少可以固定住，”爹说，“我只是想帮他。”

他们拿来了扁铁和锤子。杜威·戴尔提着灯。他们不得不使劲砸。接下来，卡什睡过去了。

“他已经睡着了，”我说，“睡着就不会痛了。”

可它只是裂了缝，就是不掉下来。

“皮都要揭下来，”吉利斯皮先生说，“你们为什么要涂水泥，就没人想到先在他腿上打上油膏吗？”

“我也只是想帮帮他，”爹说，“是达尔涂上去的。”

“达尔呢？”他们说。

“难道你们个个都没有头脑吗？”吉利斯皮先生说，“我本以为达尔还稍微有些头脑。”

朱尔头朝下躺着。他的背是红色的。杜威·戴尔在往上面擦药。那药是用黄油和油烟做成的，用来治疗烧伤的。然后，他的背就变成黑色的了。

“痛吗，朱尔？”我问。“你的背就像黑鬼的背，朱尔。”我说。卡什的腿和脚看起来也像是黑鬼的。然后，他们把它敲碎了。卡什的腿流血了。

“你回去躺下，”杜威·戴尔说，“你该睡觉了。”

“达尔呢？”他们问。

他出去了，在苹果树那里和她待在一起，躺在她上方。他在那儿，猫就不会回来。我说：“你要把猫赶走吗，达尔？”

月光也洒在他的身上。在她上面是一动不动，可在他身上，却上下跳动着。

“你不必哭，”我说，“朱尔把她救出来了。你不必哭了，达尔。”

牲口棚一片红色。它曾经比这还要红。然后，它往上旋起，让星星都退回去了，免得掉下来。它就像那火车一样让我心痛。

我去找它们晚上待在哪儿时，看到了一些东西，杜威·戴尔要我不准跟别人说。

达尔

到目前为止，我们经过了一个接一个挂着招牌的商店，有杂货店、服装店、成药店、车库和咖啡馆。随着我们的临近，英里标示牌上显示的里程也在一点点减少，变得越来越简单了：三英里。两英里。我们又坐上了马车，从小山顶上俯视而下，可见烟雾贴着低平的地面，在这无风的下午似乎静止不动了。

“那是吗，达尔？”瓦达曼说，“那是杰弗逊镇吗？”他也日渐消瘦了；像我们一样，脸上表情紧张，神色恍惚，面容憔悴。

“是的。”我说。他抬起头，看着天空。在天穹之上，云朵环绕交缠成圈，正渐渐收缩，像烟雾一样，经过形成和发展引发的外形变化相似，但没有运动的迹象，向前伸展或向后收缩。我们再次爬上马车的时候，卡什正躺在箱子上，腿上绑着的水泥块已经碎裂，发出噼噼啪啪的声音。两头枯瘦的骡子精神萎靡，拖着马车霍霍有声、哐当哐当向着山下去了。

“我们得带他去看医生。”爹说，“我想也没其他法子了。”朱尔的衬衫背后紧贴肉的地方慢慢泛出来油腻的黑印。山谷中生意盎然。它把旧时的恐惧、私欲和绝望一扫而光，都吹到小山丘上去了。这也就是为何你一定要徒步爬山，这样你就可以乘车下来了。

杜威·戴尔坐在车座上，报纸包起来的包裹放在她的膝上。山脚下的道路平坦，两边是围墙似的茂密的树林。当我们抵达这里时，她开始悄悄环视四周，从路的一侧看到另一侧。最后，她说：“我要停一下。”

爹看向她，他的侧面轮廓瘦削，神情中带着早已料到又厌烦的意味。他并没有勒住骡子。“去做什么？”

“我要到那边的灌木丛去一下。”杜威·戴尔说。

爹没有勒住骡子。“你难道不能等等，到我们进了城再说吗？现在只有不到一英里的路了。”

“停一下，”杜威·戴尔说，“我要到灌木丛那边去一下。”

爹停在路中间，我们看杜威·戴尔拿着包裹下了车。她没有回头看。

“为什么不把你的蛋糕留下呢？”我说，“我们会看着的。”

她继续向下面去了，不理睬我们。

“如果等到我们进了城，她又怎么知道到哪儿去方便呢？”瓦达曼说，“如果在城里，你会去哪儿方便呢，杜威·戴尔？”

她把包裹放下，转身消失在灌木丛和树木中。

“不要再耽误时间了。”爹说，“我们没时间可浪费了。”她没有回答。过了一会儿，我们甚至都听不到她的声音了。“我们就应该像阿姆斯蒂德和吉利斯皮说的，捎信到城里去，叫人把坑挖好准备着。”他说。

“那你为什么不这样做呢？”我说，“你本可以打电话的。”

“何必呢？”朱尔说，“谁不能在地上挖个洞呢？”

一辆汽车从山上开来。它开始摁喇叭了，一边把速度降下来。它换了低挡沿着路边下来了，外侧的车轮都进了沟里，经过我们往前方去了。瓦达曼一直看着它，直到它在视线中消失。

“现在还有多远，达尔？”他说。

“不远了。”我说。

“我们应该那样办的。”爹说，“只是除了她的骨肉，我就不想再麻烦别人了。”

“谁不能在地上挖个坑呢？”朱尔说。

“你这样说她的墓穴，这是大不敬。”爹说，“你们都不明白这是怎么一回事。你们从来没有真正爱过她，你们没有。”朱尔默然以应，他直挺挺地坐着，显得有些生硬，弓着腰板使衬衫突出一大截。他那涨得通红的下巴支了出来。

杜威·戴尔回来了。我们看着她从树丛中出来，拿着包裹，爬上马车。她现在穿着星期天才穿的、最好的衣服，戴着珠链，还有皮鞋和长袜。

“我记得我告诉过你把这些衣服留在家里。”爹说。她不搭理，也不看我们。她先把包裹放上马车，接着就坐上来了。马车继续向前进发。

“现在前面还有几座小山丘，达尔？”瓦达曼说。

“就一座了。”我说，“下一座山就直通镇上了。”

这座山是红沙质的，山的两边和连片的黑人小木屋相接；前方天空下，电话线交错纵横，往来不绝。法院的时钟悬挂在树林间，隐约可见。车轮碾过沙子，发出沙沙的声音，仿佛整片大地都在嘘声迎我们入境。随着山势开始升高，我从马车上下来。

我们跟着马车，沙沙作响的车轮，走过一间间小木屋。这时，一张张面孔突然凑到门口来，露出一对对眼白。我们突然听到惊喊声。朱尔原本从这一边看向另一边；现在他的头转向前方，我可以看到他的耳朵气得通红。三个黑人在我们前面，沿着路边走着；他们前面十英尺处是一个行进中的白人。当我们经过那几个黑人时，他们的头猛地转过来，脸上带着震惊和本能的愤怒。“伟大的上帝啊，”一个说，“他们的马车上放的是什么？”

朱尔旋转头。“狗娘养的。”他骂道。此时，与他并排而立的是那个白人。这样，他也就停下了脚步。朱尔就像那一瞬间突然瞎了眼一般，因为他是转头时朝着白人骂的。

“达尔！”卡什在马车上惊道。我抓住朱尔。白人已经向后退了一步，他仍然显得目瞪口呆，接着他的下巴收紧，牙关紧咬。朱尔俯身欺上去，他的下巴肌肉变白了。

“你说什么来着？”他说。

“嘿，”我说，“先生，他不是存心的。朱尔。”当我上前去拦他时，他正朝那个男子扑过去。我抓住他的手臂，我们纠缠在一起。朱尔根本就不向我看。他正奋力挣脱他的手臂。当我再次看向那个男子时，他的手里已经拿着一把打开的小刀了。

“别动手，先生。”我说，“我会拦住他的。朱尔。”

“以为自己是个城里人就这么嚣张。”朱尔说着气喘吁吁，猛地要挣开我。“狗娘养的。”他骂道。

那个男子走过来。他开始贴近我的身体，一边看着朱尔，小刀低放靠着他的肋腹。“没人敢这样骂我。”他说。爹从车上下来，杜威•戴尔抱着朱尔，把他往边上推。我松开他，转头面向那个男子。

“等一下。”我说，“他不是那个意思。他是生病了；昨晚在大火中烧伤了，他精神不正常。”

“不管火不火的，”他说，“没有人胆敢这样骂我。”

“他以为你说了他什么。”我说。

“我压根就没和他说过话，此前我都没见过他。”

“上帝啊，”爹说，“上帝啊。”

“我知道，”我说，“他不是存心的。他会收回自己的话的。”

“那么，让他收回。”

“收好你的刀。他会的。”

男子先看了看我，又看了看朱尔。朱尔现在平静了。

“把你的刀收起来。”我说。

那个男子把小刀折起来。

"上帝保佑。"爹说，"上帝保佑。"

"告诉他，你不是存心的，朱尔。"我说。

"我以为他骂了我。"朱尔说，"就是因为他——"

"好了。"我说，"告诉他，你不是存心的。"

"我不是存心的。"朱尔说。

"他最好不是，"他说，"骂我——"

"你以为他会怕吗？"我说。

男子看着我。"我可没有这样说过。"他说。

朱尔说："想都不要想。"

"闭嘴，"我说，"走吧。继续走吧，爹。"

马车开动。那个男子站在那儿看着我们。朱尔没回头看。"朱尔差点就揍了他一顿。"瓦达曼说。

我们临近山顶，那里街道畅通，汽车往来不息；骡子把马车拉上了山顶，行驶在街道上。爹叫我们停了下来。前面街道延伸到了通向广场和法院门前的交会处，法院门前矗立着一座纪念碑。当街上攒动的人头一例用我们熟知的表情看过来时，我们就又再次登上马车出发了。只有朱尔没有。即便在马车开动的时候，他也没有爬上车来。"上来，朱尔，"我说，"走吧，我们离开这儿。"但他还是没上来，反而把自己的脚放在后轮的转轴上，一手抓支柱，脚下踩着平稳转动的转轴，接着他又抬起另一只脚放在上面，蹲在那里，直直地盯着前方，一动不动，瘦削的身形，脊背直挺，仿佛镶嵌其间的半尊人像。

卡什

没有别的法子了。要么送他去精神病院，要么吉利斯皮就会起诉我们，因为他知道了一点达尔放火的事情了。我不知道他是怎么得知的，但他确实知道了。瓦达曼看着他干的，不过他发誓他不会告诉任何人，除了杜威·戴尔，她也叫他别告诉任何人。但吉利斯皮知道了。他迟早猜到的。就凭那天夜里他看到达尔的奇怪举动，他也会猜到的。

所以爹说："我想的确没有其他法子了。"接着朱尔说：

"你现在要收拾他？"

"收拾他？"爹说。

"把他抓住，接着绑起来。"朱尔说，"该死的。你们是想要等到他放火把牲口和马车一起烧了？"

但这根本没必要。"根本就没这必要啊。"我说，"我们可以等到把她安葬了再说。"一个人即将在桎梏中度过他的余生，他应该在此之前享受一下可以得到的乐趣。

"我想他到时应该到场。"爹说，"天知道，这是对我的惩罚啊。似乎，厄运一来，就没完没了了。"

有时，我拿不准谁有权利说一个人疯还是没疯。有时，我觉得我们都并非纯粹的疯狂，抑或纯粹的理智，直到我们找到的平衡成为评判标准。似乎，一个人的所作所为本身无关紧要，而大多数人的看法才至为关键。

因为朱尔对他太残酷了。当然啦，是朱尔的马换的钱才把她送到离镇上这么近的地方。就此而言，达尔是在试图把他的马的价值给毁了。但在我们过河之前和之后，我想过许多次，如果让她从我们手中掉落，以某种清洁的方式埋葬，那就真是神明保佑了。而对我来说，朱尔如此费尽力气，把她从河里弄出来，似乎是在和上帝作对。接着，当达尔明白似乎需要有人做点事的时候，我基本相信他的所作所为是对的。不过，我认为放火烧别人的谷仓，差点儿烧死别人的牲口，使他的财产蒙受损失，这是不合道理的。这就是我认为他的确疯了的依据。这就是为何他不能和大家想到一块去。我认为除了认同大多数人的说法外，也没别的办法了。

但在某种程度上说，这是耻辱。大家似乎摆脱了过去正确的教义，说是把钉子钉进去，把边缘修整好，就像供自己使用，让自己舒服的一样。就像有些人有光滑、漂亮的木板建造法院，而其他人只有适合建造鸡舍的粗糙木料。不过，建造一个严实的鸡舍总比粗制滥造的法院好，不过反正他们无论造工粗劣或优质，都不会太过影响到一个人的心情。

于是我们沿着大街朝着广场去了。他说："我们最好先带卡什去看医生。我们把他留在那儿，再回来接他。"这就是了。因为我和他出生时间紧挨着，几乎早了随后陆续出生的朱尔和杜威·戴尔和瓦达曼十年。我觉得和他们亲近，不过我说不清是怎么回事。我作为最长的哥哥，早就想通了他的心事——我也说不清这是怎么回事。

爹看着我，然后又看着他，嘴里不停地嘟哝着。

"走吧，"我说，"我们得先把这件事办了。"

"她希望我们都能在场。"爹说。

"让卡什先去看医生吧，"达尔说，"她会等的，她都已经等了九天。"

"你们都不明白，"爹说，"要是你和一个人年轻时就在一起，她看着你变老，你看着她变老。看着晚年就这么来了，等到有一天，你却听到一个人说那根本无所谓，就知道了这是源于这个残酷的世界的真相，就明白了一个人所有的悲痛和考验。你们都不明白。”

“我们还得把墓穴挖好。”我说。

“阿姆斯蒂德和吉利斯皮都跟你说过，叫你提前捎信。”达尔说，“难道你现在不想去皮博迪大夫那里吗，卡什？”

“走吧，”我说，“腿现在好多了。还是先把其他事都做了。”

“如果现在去挖，”爹说，“我们也忘记拿铁锹了。”

“没错。”达尔说，“我会去五金店。我们得买一把。”

“挺贵的呢。”爹说。

“你吝惜为她花这点钱吗？”达尔说。

“走吧，买一把铁锹来。”朱尔说，“嘿，给我钱。”

但是爹并没有就此消停。“我想，我们可以借到铁锹，”他说，“我料想这里总有好心人的。”于是达尔坐在原地，我们去了。还有朱尔蹲在后挡板上注视着达尔的脑后部。他看起来就像那类斗牛犬，从来不叫，绷紧牵狗绳半蹲着，随时会扑向盯着的猎物。

我们待在本德伦太太的房前，他一直都这样，听着音乐，用他那白色的、冷酷的眼睛注视着达尔的脑后部。

房子里播放着音乐。用的是格拉弗风留声机中的一种。播放出来很自然，就像乐队在演奏。

“你想去皮博迪大夫那里吗？”达尔说，“他们可以在这里等，然后告诉爹，我可以驾车送你到皮博迪大夫那里，接着回来找他们。”

“不。”我说。让她先下葬更好，现在我们离目标如此近了，只要等着爹借来铲子就好了。他驱车沿着街道行驶，直到我们听到了音乐。

“也许他们在这里借到了一把。”他说。他把马车停在本德伦夫人的屋前。好像他已经知道一样。有时我想，如果一个劳动的人在眼前就可以找到事做，一个懒人同样可以偷懒。于是，他像是预先知道一样，停在那栋小白屋前，那里播放着音乐。我们在那里听着音乐等候。我相信，可以通过讨价还价，花五美元从苏拉特先生那里买到一把。享受音乐是一件令身心舒爽的事情。“也许他们在这里借到了一把。”爹说。

“你想要朱尔去，”达尔说，“还是我去好些呢？”

“我想还是我自己去吧。”爹说。他跳下马车，沿着小路绕过那座房子往后面去了。音乐停了，接着又再次响起。

“他也会借到的。”达尔说。

“唉。”我说。这就像他已经料到，犹如他能看穿墙壁和预知接下来十分钟发生的事情一样。

只是比十分钟多出了几分钟而已。音乐停了下来，以后就再也没出现过好的曲调了。房子的后面爹和她正在交谈。我们在车上等着。

“你让我带你去皮博迪大夫那里吧。”达尔说。

“不。”我说，“我们得先让她下葬。”

“要是他能回来，才行。”朱尔说。他开始咒骂。他起身从马车上下去了。“我要走了。”他说。这时，我们看到爹回来了。他拿着两把铁锹，绕过那栋房子。他把铁锹放上车，我们就走了。音乐再也没有响起。爹回头看着那座房子。他把手举起来一点点，接着我看见窗户里的帘子撩开了一点，里面露出她的脸。

不过，最古怪的是杜威·戴尔。让我吃惊不已。我很久以前就明白为什么大家会说达尔奇怪，不过那都不是个人恩怨。就像达尔也身不由己，和你一样，你却为此感到愤怒，这不就无异于你踩进泥坑，污泥溅到身上，然后你就恼恨泥坑吗。然后，我总有些怀疑他和杜威·戴尔之间有些事情心照不宣。如果我说，在我们这些兄弟姐妹中，她有更偏爱的人，那就是达尔。我们把土填上，盖好。随后，马车驶出墓园门，转入小巷，有两个人已经在那儿等着了。当他们走过来朝他走去之时，他猛地向后躲，在朱尔还没顾得上动手的时候，杜威·戴尔就已经扑到了他身上。然后，我相信我已经明白吉利斯皮是怎么得知自己谷仓着火的了。

她没有说一句话，甚至没有看他。但是当老乡们把来意告诉他，说要带走他时，他往后面躲。接着，她像只野猫一样跳到他身上，其中一个家伙不得不腾出手来拉她，不让她像野猫那样抓他，挠他，而另外一个家伙则和爹、朱尔把他绊倒，按在地上让他背靠着地，仰面看着我。

"我以为你会告诉我的。"他说，"我从来没有想过你会瞒着我。"

"达尔。"我说。但他再次反抗，他和朱尔与那个人纠缠在一起，还有另外一个拦住杜威·戴尔，瓦达曼大呼小叫，朱尔嘴里却在念叨：

"杀了他。杀了这个狗娘养的。"

事情弄得这样糟糕。真是糟糕。人不能逃脱自己的罪责。他不能。我试图告诉他，但他只是说："我想你会告诉我的。并不是我想……"接着他大笑起来。另一个家伙把朱尔从他身上拉下来，他坐在地上，大笑着。

我试图告诉他。如果我可以移动，甚至是站起来就好了。但是当我想和他说清楚的时候，他不再笑了，只是看着我。

"你希望我去吗？"他说。

"这对你来说更好。"我说，"去那儿，一切都会平静下来，没有人会打扰之类的。对你更好，达尔。"

"更好。"他说。他又开始笑起来。"更好。"他说。因为在笑，他都说不出话来。他坐在地上，我们看着他，笑了又笑。真糟糕啊。太糟糕了。如果我觉得有什么可笑的，我就会遭受责难。因为故意破坏一个人挥洒汗水建立并倾注精力才获得的成果是毫无正义可言的。

但我也不确定是否一个人有权利界定什么是疯狂，什么不是。似乎每个人心中都有一个家伙区分着理智或精神错乱，用同样的恐怖和惊讶注视着那个人的疯狂和理智的行为。

皮博迪

我说："我认为，一个人处于困境之中，才会让比尔·瓦纳把自己当成一头该死的骡子那样治。但我敢断定，如果让本德伦·安斯用水泥生料来治，那绝对就是多两条腿的畜生了。"

"他们只不过是想缓解一下。"他说。

"想，见鬼吧。"我说，"阿姆斯蒂德怎么这么笨，让他们把你放在马车上？"

"腿眼看就要一点点好起来了。"他说，"我们根本没时间等。"我只是看着他。"我也不难受。"他说。

"你不是在说谎吗？腿断了，又在马车上摇摇晃晃连续颠簸了六天，还跟我说你不难受。"

"我是没觉得嘛。"他说。

"你的意思是，没让安斯难受吧。"我说。"他把那个可怜的家伙扔在众目睽睽的大街上，让他戴上镣铐，犹如该死的杀人犯，这与之相比也差不多吧。别跟我说。别跟我说揭去六十多平方英寸的皮肤，把那块混凝土取下来，你不感觉疼。别告诉我，下半辈子你得跛着脚，靠一只短腿撑着四处奔波（假设你能再次正常走路），你不感觉难受吗？用水泥。"我说，"全能的上帝啊，为什么安斯没把你带到最近的锯木厂，锯掉你的腿呢？这样它就好了。然后，你们就可以把他的头按到锯子下面，整个家庭就好了……不管怎样，安斯去哪里了？他又干什么去了？”

“他正把借来的铁锹还回去呢。”他说。

“这是对的，”我说，“当然，他要借一把铁锹，安葬他的妻子。除非他可以在地上借个洞。你们没把他也埋进去，太遗憾了……这样疼吗？”

“没什么。”他说着，汗滴像弹珠一般顺着他的脸滚落，他的脸色苍白，如吸墨纸。

“当然没什么，”我说，“大概明年夏天，你就可以用这条腿蹦蹦跳跳到处走了。那时，你就不会觉得难受了，更不用说……如果你有什么可以称为运气的，那就是这回弄断的就是上回弄断的那条腿。”

“爹就是这么说的。”他说。

麦高恩

当我在处方柜后面，正在倒一点巧克力酱时，乔迪到后面来说："嗨，斯基特。前面有一个女的想看医生，我问她你想看什么医生。她说，她希望看在这里应诊的医生。我说这里没有任何医生应诊。她就站在那里，向后面这儿看。"

"什么样的女人？"我说，"告诉她去楼上奥尔福德的办公室。"

"乡下女人。"他说。

"打发她到法院去看热闹去，"我说，"告诉她，所有的医生都已经到孟菲斯去参加医生大会了。"

"好吧。"他说着，一边向外走去。"她是一个看起来很不错的乡下姑娘。"他说。

"等一下。"我说。他在那儿等着。我走向前去，从门缝往外看。不过我只能看到，灯光下她有一双很漂亮的腿。"她很年轻，你说呢？"我说。

"对于乡下女孩而言，她看起来像一个漂亮的辣妈。"他说。

"拿着这个。"我说着，一边把巧克力递给他。我脱下围裙，走上前去。她看起来相当不错。那双黑色的眼睛，一只看上去就像一把刀。只要你背叛了她，它就能立刻戳进你心里。她看起来相当漂亮。店里没有其他人，现在是中饭时间。

"我能为你做什么呢？"我说。

“你是医生吗？”她说。

“当然。”我说。她不再看我，而是环顾四下。

“我们能不能去后面那边呢？”她说。

现在才十二点一刻。不过，我还是去告诉乔迪帮我望望风，如果那个老头出现了，就吹哨鸣警，因为他从不在一点以前回来。

“你最好打消这念头，”乔迪说，“免得还没等你眨眼的工夫，他就把你踢出去了。”

“他从来没在一点前回来过，”我说，“你会看到他走进邮局去取信的。现在，一刻也别眨眼，到时就给我一个哨子。”

“你想干什么？”他说。

“你用眼睛小心盯着。以后我会告诉你的。”

“难道你不打算要我做帮手吗？”他说。

“你以为这是什么？”我说，“种马场？你小心提防着。我进去和她谈谈。”

于是，我往后边走去。我在镜子前停下来，捋了捋我的头发，接着我就向处方柜背后去了。她在那里等着。她正在看药柜，然后，她看向我。

“好了，小姐，”我说，“你有什么烦恼呢？”

“是女人的毛病。”她说着，一边看着我。“我带了钱。”她说。

“哦，”我说，“你有了女人的毛病，或者女人的毛病现在还没来？如果是这样，你找对了医生。”他们这些乡下人。一半的时候，他们不知道他们想要什么；另一半的时候，他们不会告诉你。时钟显示十二点二十。

“不是。”她说。

“不是什么？”我说。

“我的那个不来了，”她说，“就是这样。”她看着我。“我带了钱。”她说。

所以我明白了她在说什么。

“哦，”我说，“你的肚子里有了你不想要的东西。”她看着我。“你是希望保住，还是打掉呢，嗯？”

“我带了钱，”她说，“他说我可以在药店拿点东西，把它解决掉。”

“谁说的？”我说。

“他说的。”她说着，眼睛看着我。

“你不想说出名字吧，”我说，“那个在你肚子里下种的人？是他告诉你的吗？”她一言不答。“你没结婚，是吗？”我说，我没看到她的戒指。不过，他们多半没听说过新婚夫妻使用戒指这回事。

“我带了钱。”她说。她向我展示用她手帕包起来的钱：十美元现金。

“我确信你有钱，”我说，“他给你的？”

“是的。”她说。

“哪一个？”我说。她看着我。“他们谁给你的？”

“就只一个。”她说。她看向我。

“算了吧。”我说。她保持沉默。酒窖的麻烦是不止一条出路，后面就是向上的内部楼梯。时钟显示到一点还差二十五分钟。“像你这样漂亮的女人。”我说。

她看着我。她开始把钱用手帕捆扎起来。“稍等一下。”我说。我绕过处方柜。“你听说那个家伙把耳朵扭上了吗？”我问，“从那以后，打嗝声他都听不见了。”

“你最好在老头回来之前，让她从后面出来。”乔迪说。

“如果你在这里守着，也就是他出工钱让你待的地方，他就只可能逮到我了。”我说。

他慢慢向前面走去了。“你在对她做什么，斯基特？”他说。

“我不能告诉你，”我说，“反正不会和她讲大道理。你去那里小心看着。”

“说吧，斯基特。”他说。

“哎，去吧，”我说，“除了配药，我什么都没做。”

“他也许不会因为后面那个女人怎么样，但如果他发现你在他的处方柜那儿瞎搞，他会把你从酒窖楼梯踢下去。”

“比他更厉害的浑蛋我也见过，”我说，“快回去，小心看着。”

于是我向后走去。时钟显示到一点还有十五分钟。她正把钱用手帕捆扎起来。“你不是医生。”她说。

“我当然是。”我说。她注视着我。“是不是因为我看起来太年轻了，还是我太帅了吗？”我说。“我们这儿过去有一堆水货老医生，”我说，“杰弗逊过去曾是老医生之家。但乡亲身体一直良好，业务开始下滑。直到有一天，他们发现妇女不可能永远不生病。于是，他们把所有的老医生都赶走，让我们年轻的、俊俏的医生来，这样妇女就会欢喜了，然后妇女们又开始得病了，所以生意有了起色。全国上下都在这么干呢。你没听说过吗？也许是因为你以前从不需要看医生吧。”

“我现在需要一个医生。”她说。

“你来找对人了，”我说，“我已经告诉过你了。”

“你有那种药吗？”她说，“我带了钱。”

“这个嘛，”我说，“当然，一个医生在学搓甘汞球的时候，什么都会学点，指不定什么时候用得着呢。但你的毛病就难说了。”

“他告诉我，我可以买点药。他告诉我，在药店可以拿到。”

“他有没有告诉你它的名称呢？”我说，“你最好回去问问他。”

她不再看着我，把攥在手中的手帕稍微打开。“我得想点法子。”她说。

“你是不是很急，所以要想点法子呢？”我说。她又看着我。“当然，医生什么都懂点，人们都不知道他懂得那么多。但他不会把自己知道的所有东西都说出来。这是违法的。”

乔迪在前面说：“斯基特。”

“稍等一下。”我说。我走到前面去。“你看到他了吗？”我说。“你是不是已经做了？”他说，“你最好到前面这儿来，小心盯着，让我去做咨询。”

“也许你可以下个蛋。”我说。我返回去。她正看着我。“当然，你很清楚，帮了你，我就要坐牢的，”我说，“我会失去我的执照，然后我就只好去做苦工了。你明白吗？”

“我只有十美元，”她说，“也许，我可以把剩下的下个月带来。”

“哼，”我说，“十美元？你看，我不能贱卖我的知识和技术。这张微不足道的十美元纸币肯定不够。”

她看着我，眨都不眨。“那你想要什么呢？”

时钟显示到一点还有四分钟。所以我决定最好让她走了。“先猜三次，然后我会告诉你。”我说。

她眼睛一眨不眨。“我得做点什么。”她说。她向身后看去，又环顾周围，接着她又朝前面看去。“先把药给我。”她说。

“你的意思是，你现在就准备好了？”我说，“这里？”

“先给我药。”她说。

于是，我拿起一个量杯，稍微背转过身来，再拣出一瓶外形不错的药。因为不管怎样，随意将毒药存放在一个没有标签的瓶子里的人会被关进监狱。它闻起来像松脂。我倒了一些到量杯里，然后递给她。她闻了一下，一边隔着量杯看着我。

“这闻起来像松脂。”她说。

“没错，”我说，“这仅仅是治疗的开始。你今晚十点钟再回到这里，我会给你剩余的部分，还要给你做手术。”

“手术？”她说。

“它不会弄疼你的。以前你做过相同手术。听说过以毒攻毒吗？”

她看着我。“有用吗？”她说。

“当然有用。只要你回到这里，做了手术。”

于是，她面不改色，把它喝了下去，接着走出去了。我向前面走去。

“难道你没得逞？”乔迪说。

“什么？”我说。

“啊，拜托，”他说，“我并不想浪费你的时间。”

“哦，她的时间，”我说，“她只是想要一点药。她得了痢疾，情况不妙。陌生人在场的时候，她又有点害羞，不敢开口。”

反正今晚是属于我的。于是，我帮老浑蛋检查了一下，我帮他戴上帽子，让他在八点半走出了药店。我陪他一直走到拐角处，看着他走过两个路灯，淡出我的视线。然后，我才回到药店。等到九点半，把前灯关上，锁上了门。只留下后面一盏灯亮着，接着我向后走去，把一些爽身粉放进六个胶囊里，清理了一下地窖的地板，然后就一切就绪，只待东风了。

正好十点的时候，她走进来了，那时时钟整点的打响还未完。我让她进来，她就快步走进来了。我往门外看了看，不过除了一个穿着工作服的小男孩坐在路边，就没有任何人了。“你要点什么？”我说。他什么也不说，只是看着我。我锁上门，关了灯，向后走去。她在那儿等着我。现在她并不看我。

“药在哪儿？”她说。

我把装着胶囊的盒子给她。她把盒子拿在手里，看着胶囊。

“你确信它有用吗？”她说。

“当然，”我说，“不过，你要接受余下的手术。”

“在哪里做？”她说。

“在下面的地窖里。”我说。

瓦达曼

现在变得更加宽阔，更加明亮了，但商店都一片黑暗，因为他们都回家去了。虽然商店漆黑一片，但当我们经过的时候，灯光会透过窗户照射进去。灯光都在法院周围的树木里。它们栖息在树上，不过法院却笼罩在黑暗中。其上的时钟从四面八方都看得见，因为它并不暗。月亮也不暗。不是很暗。达尔他去了杰克逊，他是我的哥哥。达尔是我的哥哥啊。只有月亮那样高悬着，照耀在轨道上。

“我们走那条路吧，杜威·戴尔。”我说。

“为什么？”杜威·戴尔说。窗户边上的轨道闪烁着，轨道上停着红红的小火车。但是她说，他不会把它卖给城里的男孩。“但到了圣诞节，它就会到这儿来了。”杜威·戴尔说，“你必须等着，到那时他就把它带回来了。”

达尔去了杰克逊。人们都不去那儿。达尔是我哥哥。我哥哥去了杰克逊。

我们一边走，栖息在树上的灯光也跟着向四周照射。四面如一。

它们绕过法院，然后就看不见了。但是你可以从上面黑色的窗户里看到。它们都已经回家睡觉了，除了我和杜威·戴尔。

坐上火车去杰克逊。我的哥哥。

远在后方有一个店里亮着灯。在窗里有两个装着苏打水的大玻璃杯，红色的和绿色的。两个人都喝不完。两头骡子喝不完。两头牛也喝不完。达尔。

一个男人来到门前。他看向杜威・戴尔。

“你在外面等等。”杜威・戴尔说。

“我为什么不能进去？”我说，“我也要进去。”

“你在外面等着。”她说。

“好吧。”我说。

杜威・戴尔走了进去。

达尔是我的哥哥。达尔疯了。

坐在地上比走路舒服多了。他在敞开的门里。他看着我。

“你想要点什么？”他说。他的头发油光发亮。朱尔的头有时也是如此。卡什的头就不是这样了。达尔他去了杰克逊。我的哥哥达尔在大街上，他吃了个香蕉。难道你不想吃香蕉吗？杜威・戴尔说。等到了圣诞节，它就会在那里了。然后你就可以看到它了。所以，我们要去吃些香蕉。我们将装上满满一袋，我和杜威・戴尔。他锁上门。杜威・戴尔在里面。接着灯光熄灭了。

他去了杰克逊。他疯了，去了杰克逊。人们都没疯。爹和卡什，朱尔，杜威・戴尔，加上我都没有发疯。我们从来没发过疯。我们也不去杰弗逊。达尔。

很长一段时间我听到牛在大街上嘀嗒作响的脚步声。然后她进入了广场。她经过广场，低着头，脚下嘀嗒作响。她哞哞长鸣。在此之前，广场上一干二净，但它并不空虚。现在有了她的长哞，广场就显得空荡荡的了。她继续向前，踩踏出嘀嗒之声。她哞哞而鸣。

我的哥哥是达尔，他坐着火车去了杰克逊。他上火车不是去发疯。他在我们的马车上疯了。达尔。

她在里面已经有很长一段时间了。那头牛也走了。很长一段时间。她一直待在里面比牛出现的时间还长。但不像空荡荡的时间那样漫长。达尔是我哥哥。我的哥哥是达尔。

杜威·戴尔出来了。她看向我。

“现在我们朝那条路绕过去。”我说。

她看着我。“没用的，”她说，“这狗娘养的。”

“什么没用，杜威·戴尔？”

“我就知道没用。”她说，她没看任何东西。“我就知道。”

“我们走那条路吧。”我说。

“我们得回旅馆。现在已经很晚了。我们得快些走回去。”

“不管怎样，我们就不能走走看看吗？”

“你难道不想吃香蕉吗？你难道不想吗？”

“好吧。”我的哥哥他疯了，去了杰克逊。杰克逊比疯狂离得更远。

“那行不通，”杜威·戴尔说，“我就知道它行不通。”

“什么行不通？”我说。他不得不坐上火车去杰克逊。我一直没坐过火车，但达尔已经在火车上了。达尔。达尔是我哥哥。达尔。达尔。

达尔

达尔已经去杰克逊了。他们把他放在火车上，他大笑着，顺着长长的车大笑。他经过的时候，攒动的人头转过来就像猫头鹰的头一样。“你笑什么？”我说。

“是是是是是。”

两名男子把他架上火车。他们穿着不相称的大衣，右臀部的口袋鼓了起来。他们的脖颈那儿黑白分明，好像不久前给他们同时理发的理发师有一根像卡什的粉笔线。“你是在笑手枪吗？”我说，“你为什么要笑？是不是因为你讨厌笑声？”

他们把两个座位拉在一起，让达尔可以靠窗坐着笑。其中一人坐在他身旁，另一个坐在他对面的座位，向后靠着。其中一人不得不向后靠着，因为国家的货币有两面，每面都有背面，他们用国家的钱坐的车，这是乱伦。一张五分镍币一面有一个女人，另一面是头水牛；两个面，没有背面。我不知道那是怎么回事。达尔有一个小望远镜，是他在法国的战争中得到的。里面有一个女人和一只猪，两个背面却没有正面。我知道那是怎么回事。“这就是你为什么笑吗，达尔？”

“是是是是是是。”

马车停在广场上，拴住了。骡子一动不动，缰绳缠绕在弹簧座椅上。马车的后背朝着法院。看起来它和其他一百辆马车没有什么不同；朱尔站在旁边，像那天镇上任何其他人一样，望着街上，然而，有一些与众不同和独特之处。火车确认即将出发的空气弥漫着，也许是由于杜威·戴尔和瓦达曼坐在座位上，卡什则在货板上，他们都从一个纸袋里拿出香蕉来吃，若无其事。“这就是为什么你笑吗，达尔？”

达尔是我们的兄弟，我们的兄弟达尔。我们的兄弟达尔在杰克逊的一个笼子里，他污秽的双手轻轻地放在安静的空隙中，向外看着吐着口沫。

“是是是是是是是是。”

杜威·戴尔

当他看到钱，我说："这不是我的钱，它不属于我。"

"那是谁的呢？"

"是科拉·塔尔的钱。这是塔尔夫人的钱。我卖蛋糕挣的。"

"两个蛋糕十美元？"

"你别碰它。这不是我的。"

"你永远都不会有那样的蛋糕。这是在说谎。那个包里装的是你最好的衣服。"

"你别碰它！如果你拿了，你就是个小偷。"

"我自己的女儿指责我是一个小偷。我自己的女儿啊。"

"爹。爹。"

"我抚养你，庇护你，我给你疼爱和关怀，但我自己的女儿，死去妻子的女儿，在她母亲的坟墓之上叫我小偷。"

"我跟你说，这不是我的。如果是我的，天知道，你可以拿去。"

"你从哪儿得来的十块钱？"

"爹。爹。"

"你不会告诉我的，这钱来得可耻，所以你不敢吗？"

"我跟你说，这不是我的。难道你不明白吗？"

"我又不是不还，可她叫自己的父亲小偷。"

"我不能给你。我跟你说，我跟你说。这不是我的钱。天知道，那是我的钱，你就可以拿去。”

“我不会拿的。我的女儿吃了我十七年的粮食，却不愿意借我十美元。”

“这不是我的。我不能给你。”

“是谁的呢？”

“这是给我买点东西的。”

“买什么？”

“爹。爹。”

“这只是向你借的。天知道，我痛恨我骨肉至亲辱骂我，但我给予他们的却毫不吝惜。我为此感到高兴，毫不吝惜。而现在，他们拒绝我。安迪。幸亏你死了，安迪。”

“爹。爹。”

“天知道。”

他拿着钱，走了出去。

卡什

于是，当我们停在那里借铁锹时，听到房子里格拉弗风留声机播放着音乐。于是，当用铁锹把事做完时，爹说："我看我最好还是把它们还回去。"

因此，我们又回到了那座房前。"我们最好把卡什带到皮博迪大夫那里。"朱尔说。

"这不用一分钟。"爹说。他从马车上爬下去。现在没有音乐播放。

"让瓦达曼去吧，"朱尔说，"他只要用你一半的时间，就行了。或者在这里，你让我——"

"我想我最好自己去做吧，"爹说，"毕竟是我借的。"

于是我们坐在马车里，但现在没有音乐播放。我认为这不错，我们不必为此不快。我觉得我永远都不会再闲得无聊，而去听它了。我不知道，是否有关于最美好的东西的小段音乐。就像，当他累了一晚上，没有比倾听一小段音乐更能让他舒坦了。它可以让他放松，伴他入眠。我已经看到过它们可以合起来，像一个握力器，机身上有个手柄，这样就可以随身携带着，到任何他想去的地方去。

"你认为他在做什么？"朱尔说，"到目前为止，我已经拿着铁锹来来回回走上十次了。"

"随他去吧，"我说，"记住，他不像你那样年轻力壮。"

“那他为什么不让我去还呢？接着，我们就可以去医生那儿把你的腿固定好。所以，明天我们可以起程回家了。”

“我们还有很多时间，”我说，“我想知道是不是可以分期付款。”

“什么分期付款？”朱尔说，“你要买什么？”

“总有办法的，”我说，“我相信，可以从苏拉特那儿，花五美元买一个。”

这样，爹回来了，我们往皮博迪大夫那里去了。当我们到了那儿时，爹说他要去理发店，刮一下胡子。那天晚上，他说他有一些事情要办，他说的时候把目光从我们身上移开，他的头发打湿了，梳理得整齐光滑，带着一股甜美的香水味道，但我说随他去吧。我愿意多听听那段音乐。

于是第二天早上，他又走了，然后他回来告诉我们他要结婚，并准备搬出来。他们走的时候，他说：“我以为你们还有钱。”

“皮博迪大夫那里给我的钱只够支付酒店的费用，”我说，“我们不需要其他的了，不是吗？”

“是的，”爹说，“不需要了。我们不需要花钱了。”他站在那里，没有看我。

“如果还需要的话，我觉得也许可以从皮博迪大夫那里——”我说。

“不，”他说，“没别的什么花销了。你们都到拐角处等我。”

于是，朱尔驾着车来接我，他们把我固定在马车的托盘上。我们驱车穿过广场，向着爹说的拐角来了。我们坐在马车上等着。当我们看到他们从街道上走来时，杜威·戴尔和瓦达曼正吃着香蕉。爹突然一副那种小人得志却鬼鬼祟祟的样子，好像摊上了什么事情一样，他知道自己做了惹得妈妈不高兴的事情时就是这样的。他手里拿着一个箱子，朱尔说：“那是谁？”

然后，我们明白并非那个手柄使他看上去变化很大，而是他的脸，朱尔说：“他换上了假牙。”

没错。这使他看起来高了一英尺，把他的头抬高了几分，鬼鬼祟祟却也自得满满。然后，我们看到她跟在他身后，手里拿着另一个提箱——是个穿着艳丽的鸭形女人，有双厉害的金鱼眼，仿佛被她一盯上就没人敢说话了。我们坐在那儿看着他们，杜威·戴尔和瓦达曼的嘴半张着，半咬着手里的香蕉。她从爹身边走出来，看着我们，就像在回瞪某个男人一样。接着，我发现她手里拿着的就是那种小格拉弗风留声机。没错，闭合着就像一张漂亮的图片，每一次邮购到一张新唱片，我们就可以在冬天的屋子里待着，听它播放音乐了。我想到达尔不能享受到这种乐趣实在遗憾。不过，这样对他更好。这个世界不是他的世界，这种生活也不是他的生活。

“这是卡什、朱尔、瓦达曼，还有杜威·戴尔。”爹说，带着那种卑躬屈膝却也志得意满的神情，他的牙齿全部补齐了，即使他不看我们。“来，见过本德伦太太。”他说。